NEW WCDP 新文京開發出版股份有限公司

新世紀・新視野・新文京 — 精選教科書・考試用書・專業參考書

New Wun Ching Developmental Publishing Co., Ltd.

New Age · New Choice · The Best Selected Educational Publications — NEW WCDP

第三版

丘彥遂

新編

毛詩
韻讀

編著

國家圖書館出版品預行編目資料

新編毛詩韻讀/丘彥遂編著. --三版. --新北市:
　新文京開發出版股份有限公司,2021.02
　　面　；　公分

ISBN　978-986-430-695-4（平裝）

1.詩經　2.注釋

831.112　　　　　　　　　　　　110001330

新編毛詩韻讀（第三版）　　　　　　（書號：E432e3）

編 著 者	丘彥遂
出 版 者	新文京開發出版股份有限公司
地　　址	新北市中和區中山路二段 362 號 9 樓
電　　話	(02) 2244-8188（代表號）
Ｆ　Ａ　Ｘ	(02) 2244-8189
郵　　撥	1958730-2
初　　版	西元 2018 年 03 月 05 日
二　　版	西元 2020 年 01 月 01 日
三　　版	西元 2021 年 03 月 20 日

導　言

　　學習上古音，《詩經》的韻腳最為重要，初學者必須熟悉詩韻，包括韻腳所屬的韻部、韻部與韻部之間的合韻問題等，才能了解上古音，才有能力討論上古音的相關問題。這是必須的訓練，也是不可或缺的基本功。

　　自清初顧炎武、江永以降，學者無不以詩韻為主要觀察對象，逐步建構出完整的韻部系統。及至清末，王念孫和江有誥皆分古韻為廿一部，王念孫晚年認同孔廣森的冬部獨立，因此比江有誥多了一部至部（質部）。惟至部屬入聲韻部，站在考古派的立場，應併入脂部而不該獨立，因此實得廿一部。這是清儒古韻分部最終的成果。

　　民國以後，董同龢據此廿一部，加上王力所析之微部，得出古韻廿二部。王力早年分古韻廿三部，晚年主張陰、陽、入三分，加上微部、覺部獨立，得出古韻卅部。其實早在王力以前，民國初年的黃侃已按照戴震的陰陽對轉說，將入聲韻部全數獨立，加上自己從古本音理論得出之怗、添二部，也是卅部[1]；陳新雄據此卅部，加上王力的微部、黃永鎮的肅（覺）部，得出古韻卅二部。

　　目前兩岸用以學習上古韻部的系統有董同龢的廿二部、王力的卅部、陳新雄的卅二部。前者屬考古派，後二者屬審音派。考古派和審音派最顯著的不同，就是入聲韻部是否獨立成部。董同龢廿二部見《漢語音韻學》[2]，俗稱台大派（台大體系）；王力卅部見《漢語語音史》，俗稱

---

[1] 與王力的卅部相比，多怗、添而少微、覺。

[2] 董氏《漢語音韻學》只有諧聲分部，若要查尋《詩經》韻腳，可參考江舉謙的《詩經韻譜》。

北大派（北大體系）；陳新雄卅二部見《古音研究》，俗稱師大派（師大體系）。這三家古韻系統的差異其實不難區分，只要記得以下兩點即可：

一、把台大派的八部入聲[3]獨立出來，就是北大派的卅部。

二、把北大派的盍、談二部再分出帖、添二部，就是師大派的卅二部。

順序倒過來則是：

一、把師大派的帖、添二部併入盍、談二部，就是北大派的卅部。

二、把北大派的八部入聲併入所屬的陰聲韻部[4]（剩下的月部改稱祭部），就是台大派的廿二部。

廿二部的特色是入聲韻部不獨立；卅二部的特色除了入聲韻部獨立外，還析出帖、添二部。其實，若據詩韻，只得卅部。

詩韻只得卅部，主要因為帖、添二部入韻字少，無法明顯看出它們與盍、談二部的區別。然而根據《詩經》押韻的情形，仍然可以看出此二部與緝、侵；盍、談的分野。詩韻侵部多通「冬、蒸」，談部多通「陽」，至於添部，雖無與其它陽聲韻部相通的例子，然其入聲帖部卻通「月」，與談部入聲盍部通「鐸」不同。由此可見，帖、添與緝、侵；盍、談理應有別。

既然根據詩韻與諧聲，上古韻部應為卅二部，因此本書的注釋和附錄主要以陳新雄的十二類卅二部為代表。至於各部之間的遠近關係，按照《詩經》合韻現象的觀察，則如下圖所示：

....
[3] 八部入聲是：職、覺、藥、屋、鐸、錫、質、物。
[4] 八部入聲所屬的陰聲韻部是：之、幽、宵、侯、魚、支、脂、微。

古韻卅二部關係遠近圖

左為陰聲韻，右為陽聲韻，入聲居於陰、陽之間而偏向陰聲，故收牙六部入聲：「職、覺、藥、屋、鐸、錫」，和收舌三部入聲：「質、沒、月」，放至左邊入聲韻處。至於收唇三部入聲：「緝、怗、盍」，則偏向陽聲，故放至右邊入聲韻處。收唇的韻部較為特殊，一般自行押韻，間又相互押韻，故以圈號標示。總之，詩韻不唯入聲可通陰聲和陽聲，即便陰、陽二聲，亦可相互押韻。

（一）凡韻腳處皆以空格表示，不同的空格符號代表不同的押韻情形。「正韻」、「通韻」、「合韻」屬一般押韻，以（　　）表示[1]；「交韻」、「遙韻」、「抱韻」屬特殊押韻，以〔　　〕表示。[2]

（二）通韻、合韻是異部相押，以底部加線 ＿＿＿ 強調。當交韻、遙韻、抱韻中出現通韻、合韻時，亦以底部加線〔＿＿＿〕強調。

（三）注釋所提及之「近旁轉、次旁轉、正對轉、次對轉」[3]，以「古韻卅二部關係遠近圖」為判準。

（四）文中注音盡可能從俗，若有規範則從雅。特殊情形則隨文注釋，予以說明。

（五）文末附上「古韻卅二部韻字、諧聲表」以資查找。根據段玉裁「同聲必同部」的大原則，查找韻腳字的諧聲偏旁會更有效率。

---

[1] 「正韻」指同一韻部相押；「通韻」指同類韻部相押；「合韻」指鄰近韻部相押（即正韻、通韻以外的押韻）。

[2] 「特殊押韻」是指押韻的方式而言。「交韻」指交叉押韻，表現形式為 ABAB；「遙韻」指隔章押韻，表現形式為 AAAF；BBBF；「抱韻」比較特殊，表現形式為 ABBA，B 韻腳被 A 韻腳環抱。

[3] 章太炎〈成均圖〉：「凡同列相比為近旁轉；凡同列相遠為次旁轉；凡陰陽相對為正對轉；凡自旁轉而成對轉為次對轉。」除了涉及韻部之間的押韻行為，還涉及語音之間的流轉。此處只取前者，主要表示韻部與韻部之間的親疏關係。

一　國　風

二　小　雅

三　大　雅

四 周 頌

五　魯　頌

六　商　頌

附　錄

一 國 風

（一）周南

1.（總 001）關雎

關關雎鳩（　　），在河之洲（　　）。窈窕淑女，君子好逑（　　）。

參差荇菜，左右流（　　）之。窈窕淑女，寤寐求（　　）之。

求之不得（　　），寤寐思服（　　）。悠哉悠哉，輾轉反側（　　）。

參差荇菜，左右采（　　）之。窈窕淑女，琴瑟友（　　）之。

參差荇菜，左右芼（　　）之。窈窕淑女，鐘鼓樂（　　）[1]之。

....

[1] 「樂」與「芼」藥、宵通韻，屬入、陰正對轉關係。

2.（總002）葛覃

葛之覃〔　　　〕兮，施于中谷〔　　〕[2]，維葉萋萋（　　）。
黃鳥于飛（　　　）[3]，集于灌木〔　　〕，其鳴喈喈（　　）。

葛之覃〔　　　〕兮，施于中谷〔　　〕，維葉莫莫（　　）。
是刈是濩（　　），為絺為綌（　　），服之無斁（　　）。

言告師氏〔　　〕，言告言歸（　　　）。薄汙我私〔　　　〕[4]，
薄澣我衣（　　）。害澣害否（　　），歸寧父母（　　）。

3.（總003）卷耳

采采卷耳，不盈頃筐（　　），嗟我懷人，寘彼周行（　　）。

陟彼崔嵬（　　），我馬虺隤（　　），我姑酌彼金罍（　　），維以不永懷（　　）。

陟彼高岡（　　），我馬玄黃（　　），我姑酌彼兕觥（　　），維以不永傷（　　）。

陟彼砠（　　）矣，我馬瘏（　　）矣，我僕痡（　　）矣，云何吁（　　）矣。

---

[2] 「覃、谷」和次章之「覃、谷」遙韻。此外，「谷」亦與本章之「木」交韻。

[3] 「飛」與「萋、喈」微、脂合韻，屬近旁轉關係。

[4] 「私」與「氏」脂、支合韻，屬近旁轉關係。

4.（總 004）樛木

南有樛木，葛藟纍（　　）之，樂只君子，福履綏（　　）
之。

南有樛木，葛藟荒（　　）之，樂只君子，福履將（　　）
之。

南有樛木，葛藟縈（　　）之，樂只君子，福履成（　　）
之。

5.（總 005）螽斯

螽斯羽，詵詵（　　）兮，宜爾子孫，振振（　　）兮。

螽斯羽，薨薨（　　）兮，宜爾子孫，繩繩（　　）兮。

螽斯羽，揖揖（　　）兮，宜爾子孫，蟄蟄（　　）兮。

6.（總 006）桃夭

桃之夭夭，灼灼其華（　　），之子于歸，宜其室家
（　　）。

桃之夭夭，有蕡其實（　　），之子于歸，宜其家室
（　　）。

桃之夭夭，其葉蓁蓁（　　），之子于歸，宜其家人
（　　）。

7.（總007）兔罝

肅肅兔罝〔 〕，椓之丁丁（ ），赳赳武夫〔 〕，
公侯干城（ ）。

肅肅兔罝〔 〕，施于中逵（ ），赳赳武夫〔 〕，
公侯好仇（ ）。

肅肅兔罝〔 〕，施于中林（ ），赳赳武夫〔 〕，
公侯腹心（ ）。

8.（總008）芣苢

采采芣苢〔 〕，薄言采（ ）之。采采芣苢〔 〕，
薄言有（ ）之。

采采芣苢〔 〕，薄言掇（ ）之。采采芣苢〔 〕，
薄言捋（ ）之。

采采芣苢〔 〕，薄言袺（ ）之。采采芣苢〔 〕，
薄言襭（ ）之。

9.（總009）漢廣

南有喬木，不可休（ ）思[5]，漢有游女，不可求
（ ）思。漢之廣（ ）矣，不可泳（ ）思，江之永

....

[5]　「思」，今本作「息」，據《韓詩外傳》卷一引詩作「不可休思」改。

（　）矣，不可方（　）思。

翹翹錯薪，言刈其楚（　），之子于歸，言秣其馬（　）。漢之廣（　）矣，不可泳（　）思，江之永（　）矣，不可方（　）思。

翹翹錯薪，言刈其蔞（　），之子于歸，言秣其駒（　）。漢之廣（　）矣，不可泳（　）思，江之永（　）矣，不可方（　）思。

10.（總010）汝墳

遵彼汝墳，伐其條枚（　），未見君子，惄如調飢（　）[6]。

遵彼汝墳，伐其條肄（　），既見君子，不我遐棄（　）。

魴魚赬尾（　），王室如燬（　），雖則如燬（　），父母孔邇（　）[7]。

11.（總011）麟之趾

麟之趾（　），振振公子（　），于嗟麟〔　〕兮。

....

[6] 「飢」與「枚」脂、微合韻，屬近旁轉關係。

[7] 「邇」與「尾、燬、燬」脂、微合韻，屬近旁轉關係。

麟之定 (　　)，振振公姓 (　　)，于嗟麟〔　〕兮。

麟之角 (　　)，振振公族 (　　)，于嗟麟〔　〕兮。

(二) 召南

1. (總012) 鵲巢

維鵲有巢，維鳩居 (　　) 之。之子于歸，百兩御 (　　) 之。

維鵲有巢，維鳩方 (　　) 之。之子于歸，百兩將 (　　) 之。

維鵲有巢，維鳩盈 (　　) 之。之子于歸，百兩成 (　　) 之。

2. (總013) 采蘩

于以采蘩，于沼于沚 (　　)。于以用之，公侯之事 (　　)。

于以采蘩，于澗之中 (　　)。于以用之，公侯之宮 (　　)。

被之僮僮 (　　)，夙夜在公 (　　)。被之祁祁 (　　)，薄言還歸 (＿＿＿)[8]。

....

[8] 「歸」與「祁」微、脂合韻，屬近旁轉關係。

3.（總014）草蟲

喓喓草蟲（　），趯趯阜螽（　）。未見君子〔　〕，憂心忡忡（　）。亦既見止〔　〕，亦既覯止〔　〕，我心則降（　）！

陟彼南山，言采其蕨（　）。未見君子〔　〕，憂心惙惙（　）。亦既見止〔　〕，亦既覯止〔　〕，我心則說（　）！

陟彼南山，言采其薇（　）。未見君子〔　〕，我心傷悲（　）。亦既見止〔　〕，亦既覯止〔　〕，我心則夷（　）[9]！

4.（總015）采蘋

于以采蘋（　），南澗之濱（　）。于以采藻（　），于彼行潦（　）。

于以盛之，維筐及筥（　）。于以湘之，維錡及釜（　）。

于以奠之，宗室牖下（　）。誰其尸之，有齊季女（　）。

---

9 「夷」與「薇、悲」脂、微合韻，屬近旁轉關係。

5.（總016）甘棠

蔽芾甘棠，勿翦勿伐（　），召伯所茇（　）。

蔽芾甘棠，勿翦勿敗（　），召伯所憩（　）。

蔽芾甘棠，勿翦勿拜（　），召伯所說（　）。

6.（總017）行露

厭浥行露（　）。豈不夙夜（　），謂行多露（　）。

誰謂雀無角（　），何以穿我屋（　）？誰謂女無家，何以速我獄（　）？雖速我獄（　），室家不足（　）。

誰謂鼠無牙〔　〕，何以穿我墉（　）？誰謂女無家〔　〕，何以速我訟（　）？雖速我訟（　），亦不女從（　）。

7.（總018）羔羊

羔羊之皮（　），素絲五紽（　）。退食自公，委蛇委蛇（　）。

羔羊之革（　），素絲五緎（　）。委蛇委蛇，自公退食（　）。

羔羊之縫（　），素絲五總（　）。委蛇委蛇，退食自公（　）。

8.（總019）殷其靁

殷其靁，在南山之陽（　　）。何斯違斯？莫敢或遑（　　）。振振君子（　　），歸哉歸哉（　　）！

殷其靁，在南山之側（　　）。何斯違斯？莫敢遑息（　　）。振振君子（　　），歸哉歸哉（　　）！

殷其靁，在南山之下（　　）。何斯違斯？莫或遑處（　　）。振振君子（　　），歸哉歸哉（　　）！

9.（總020）摽有梅

摽有梅〔　〕，其實七（　　）兮。求我庶士〔　〕，迨其吉（　　）兮！

摽有梅〔　〕，其實三（　　）兮。求我庶士〔　〕，迨其今（　　）兮！

摽有梅〔　〕，頃筐塈（　　）之。求我庶士〔　〕，迨其謂（　　）之！

10.（總021）小星

嘒彼小星〔　〕，三五在東（　　）。肅肅宵征〔　〕，夙夜在公（　　）。寔命不同（　　）！

嘒彼小星〔　〕，維參與昴（　　）。肅肅宵征〔　〕，抱衾與裯（　　）。寔命不猶（　　）！

11.（總 022）江有汜

江有汜（　　），之子歸，不我以（　　）。不我以
（　　）。其後也悔（　　）。

江有渚（　　），之子歸，不我與（　　）。不我與
（　　），其後也處（　　）。

江有沱（　　），之子歸，不我過（　　）。不我過
（　　），其嘯也歌（　　）。

12.（總 023）野有死麕

野有死麕〔　　〕，白茅包（　　）之。有女懷春〔　　〕，
吉士誘（　　）之。

林有樸樕（　　），野有死鹿（　　），白茅純束（　　）。
有女如玉（　　）。

舒而脫脫（　　）兮，無感我帨（　　）兮，無使尨也吠
（　　）。

13.（總 024）何彼襛矣

何彼襛矣？唐棣之華（　　）。曷不肅雝？王姬之車
（　　）。

何彼襛矣？華如桃李（　　）。平王之孫，齊侯之子
（　　）。

其釣維何？維絲伊緡（　　）。齊侯之子，平王之孫（　　）。

14.（總025）騶虞

彼茁者葭（　　），壹發五豝（　　）。于嗟乎騶虞〔　　〕[10]！

彼茁者蓬（　　），壹發五豵（　　）。于嗟乎騶虞〔　　〕！

（三）邶風

1.（總026）柏舟

汎彼柏舟（　　），亦汎其流（　　）。耿耿不寐，如有隱憂（　　）。微我無酒（　　），以敖以遊（　　）。

我心匪鑒，不可以茹（　　）。亦有兄弟，不可以據（　　）。薄言往愬（　　）[11]，逢彼之怒（　　）。

我心匪石〔　　〕，不可轉（　　）也。我心匪席〔　　〕，不可卷（　　）也。威儀棣棣，不可選（　　）也。

憂心悄悄（　　），慍于羣小（　　）。覯閔既多，受侮不少（　　）。靜言思之，寤辟有摽（　　）。

....

[10] 「虞」與「葭、豝」押韻，亦與次章之「虞」遙韻。

[11] 「愬」與「茹、據、怒」鐸、魚通韻，屬入、陰正對轉關係。

日居月諸，胡迭而微（　　）？心之憂矣，如匪澣衣

（　　）。靜言思之，不能奮飛（　　）。

2.（總027）綠衣

綠兮衣兮，綠衣黃裡（　　）。心之憂矣，曷維其已

（　　）？

綠兮衣兮，綠衣黃裳（　　）。心之憂矣，曷維其亡

（　　）？

綠兮絲（　　）兮，女所治（　　）兮。我思古人，俾無訧

（　　）兮。

絺兮綌兮，淒其以風（　　）。我思古人，實獲我心

（　　）。

3.（總028）燕燕

燕燕于飛〔　　〕，差池其羽（　　）。之子于歸〔　　〕，

遠送于野（　　）。瞻望弗及，泣涕如雨（　　）。

燕燕于飛〔　　〕，頡之頏（　　）之。之子于歸〔　　〕，

遠于將（　　）之。瞻望弗及（　　），佇立以泣（　　）。

燕燕于飛〔　　〕，下上其音（　　）。之子于歸〔　　〕，

遠送于南（　　）。瞻望弗及，實勞我心（　　）。

仲氏任只，其心塞淵（　　）。終溫且惠，淑慎其身（　　）。先君之思，以勖寡人（　　）。

4.（總029）日月

日居月諸，照臨下土（　　）。乃如之人兮，逝不古處（　　）。胡能有定？寧不我顧（　　）？

日居月諸，下土是冒（　　）。乃如之人兮，逝不相好（　　）。胡能有定？寧不我報（　　）？

日居月諸，出自東方（　　）。乃如之人兮，德音無良（　　）。胡能有定？俾也可忘（　　）。

日居月諸，東方自出（　　）。父兮母兮，畜我不卒（　　）。胡能有定？報我不述（　　）。

5.（總030）終風

終風且暴〔　　〕，顧我則笑（　　）。謔浪笑敖（　　），中心是悼〔　　〕。

終風且霾（　　），惠然肯來（　　）。莫往莫來（　　），悠悠我思（　　）。

終風且曀（　　），不日有曀（　　）。寤言不寐，願言則嚏（　　）。

曀曀其陰，虺虺其靁（　　）。寤言不寐，願言則懷（　　）。

6.（總031）擊鼓

擊鼓其鏜（　　），踊躍用兵（　　）。土國城漕，我獨南行（　　）。

從孫子仲（　　），平陳與宋（　　）。不我以歸，憂心有忡（　　）。

爰居爰處（　　）？爰喪其馬（　　）？于以求之，于林之下（　　）。

死生契闊（　　），與子成說（　　）。執子之手（　　），與子偕老（　　）。

于嗟闊（　　）兮，不我活（　　）兮。于嗟洵（　　）兮，不我信（　　）兮。

7.（總032）凱風

凱風自南（　　），吹彼棘心（　　）。棘心夭夭（　　），母氏劬勞（　　）。

凱風自南，吹彼棘薪（　　）。母氏聖善，我無令人（　　）。

爰有寒泉，在浚之下（　　）。有子七人，母氏勞苦（　　）。

睍睆黃鳥，載好其音（　　）。有子七人，莫慰母心（　　）。

8.（總033）雄雉

雄雉于飛，泄泄其羽（　　）。我之懷矣，自詒伊阻（　　）。

雄雉于飛，下上其音（　　）。展矣君子，實勞我心（　　）。

瞻彼日月，悠悠我思（　　）。道之云遠，曷云能來（　　）？

百爾君子，不知德行（　　）。不忮不求，何用不臧（　　）？

9.（總034）匏有苦葉

匏有苦葉（　　），濟有深涉（　　）。深則厲（　　），淺則揭（　　）。

有瀰濟盈（　　），有鷕雉鳴（　　）。濟盈不濡軌（　　），雉鳴求其牡（　　）。

雝雝鳴鴈¹² （　　），旭日始旦（　　）。士如歸妻，迨冰未泮（　　）。

招招舟子（　　），人涉卬否（　　）。人涉卬否（　　），卬須我友（　　）。

10.（總035）谷風

習習谷風〔　　〕，以陰以雨（　　）。黽勉同心〔　　〕，不宜有怒（　　）。采葑采菲〔　　〕，無以下體（　　）。德音莫違〔　　〕，及爾同死（　　）。

行道遲遲〔　　〕，中心有違（　　）。不遠伊邇〔　　〕，薄送我畿（　　）。誰謂荼苦？其甘如薺（　　）。宴爾新昏，如兄如弟（　　）。

涇以渭濁，湜湜其沚（　　）。宴爾新昏，不我屑以（　　）。毋逝我梁，毋發我笱（　　）。我躬不閱，遑恤我後（　　）。

就其深矣，方之舟（　　）之。就其淺矣，泳之游（　　）之。何有何亡〔　　〕？黽勉求（　　）之。凡民有喪〔　　〕，匍匐救（　　）之。

---

12 「鴈」，《說文·鳥部》卷四：「䳜也。」本與鴻雁之「雁」有別，後則混而不分。今多通作「雁」。

不我能慉，反以我為讎（　）。既阻我德，賈用不售
（　）。昔育恐育鞫（　），及爾顛覆（　）。既生既育
（　），比予于毒（　）。

我有旨蓄，亦以御冬（　）。宴爾新昏，以我御窮
（　）。有洸有潰（　），既詒我肄（　　）¹³。不念昔者，
伊余來墍（　）。

11.（總036）式微

式微式微（　），胡不歸（　）？微君之故（　），胡
為乎中露（　　）¹⁴？

式微式微（　），胡不歸（　）？微君之躬（　），胡
為乎泥中（　）？

12.（總037）旄丘

旄丘之葛兮，何誕之節（　）兮。叔兮伯兮，何多日
（　）也。

何其處（　）也？必有與（　）也。何其久（　）也？
必有以（　）也。

---

¹³「肄」與「潰、墍」質、沒合韻，屬近旁轉關係。

¹⁴「露」與「故」鐸、魚通韻，屬入、陰正對轉關係。

狐裘尨茸¹⁵（　　），匪車不東（　　）。叔兮伯兮，靡所與同（　　）。

瑣兮尾兮，流離之子（　　）。叔兮伯兮，褎如充耳（　　）。

13.（總038）簡兮

簡兮簡兮，方將萬舞（　　）。日之方中，在前上處（　　）。碩人俣俣（　　），公庭萬舞（　　）。

有力如虎（　　），執轡如組（　　）。左手執籥（　　），右手秉翟（　　）。赫如渥赭，公言錫爵（　　）。

山有榛（　　），隰有苓（　　）。云誰之思？西方美人（　　）。彼美人（　　）兮，西方之人（　　）兮。

14.（總039）泉水

毖彼泉水，亦流于淇（　　）。有懷于衛，靡日不思（　　）。孌彼諸姬（　　），聊與之謀（　　）。

出宿于泲（　　），飲餞于禰（　　）。女子有行，遠父母兄弟（　　）。問我諸姑，遂及伯姊（　　）。

----

15 「尨茸」，今本作「蒙戎」，據《左傳·僖公五年》「狐裘尨茸」改。

　　出宿于干（　　），飲餞于言（　　　）。載脂載牽（　　），還車言邁（　　）。遄臻于衛（　　），不瑕有害（　　）？

　　我思肥泉（　　），茲之永歎（　　）。思須與漕（　　），我心悠悠（　　）。駕言出遊（　　），以寫我憂（　　）。

15.（總040）北門

　　出自北門（　　），憂心殷殷（　　）。終窶且貧（　　），莫知我艱（　　）。已焉哉！天實為（　　）之，謂之何（　　）哉！

　　王事適（　　）我，政事一埤益（　　）我。我入自外，室人交徧讁（　　）我。已焉哉！天實為（　　）之，謂之何（　　）哉。

　　王事敦（　　）[16]我，政事一埤遺（　　）我。我入自外，室人交徧摧（　　）我。已焉哉！天實為（　　）之，謂之何（　　）哉。

---

16 「敦」，《廣韻‧灰韻》又「都回切」，音「堆」。

16.（總041）北風

北風其涼（　　），雨雪其雱（　　）。惠而好我，攜手同行（　　）。其虛其邪（　　），既亟只且[17]（　　）！

北風其喈_____[18]，雨雪其霏（　　）。惠而好我，攜手同歸（　　）。其虛其邪（　　），既亟只且（　　）！

莫赤匪狐（　　），莫黑匪烏（　　）。惠而好我，攜手同車（　　）。其虛其邪（　　），既亟只且（　　）。

17.（總042）靜女

靜女其姝（　　），俟我於城隅（　　）。愛而不見，搔首踟躕（　　）。

靜女其孌（　　），貽我彤管（　　）。彤管有煒（　　），說懌女美_____（　　）[19]。

自牧歸荑〔　　〕，洵美且異（　　）。匪女之為美〔　　〕，美人之貽_____（　　）[20]。

17 「且」，音「居」。語尾詞，無義。

18 「喈」與「霏、歸」脂、微合韻，屬近旁轉關係。

19 「美」與「煒」脂、微合韻，屬近旁轉關係。

20 「貽」與「異」之、職通韻，屬正對轉關係。

18.（總043）新臺

新臺有泚（ㄒㄧㄣ ㄊㄞˊ ㄧㄡˇ ㄘˇ ）（　），河水瀰瀰（ㄏㄜˊ ㄕㄨㄟˇ ㄇㄧˇ ㄇㄧˇ ）（　）。燕婉之求（ㄧㄢˋ ㄨㄢˇ ㄓ ㄑㄧㄡˊ ），籧篨不鮮（ㄑㄩˊ ㄔㄨˊ ㄅㄨˋ ）（ㄒㄧㄢ ）（　）[21]。

新臺有洒（ㄒㄧㄣ ㄊㄞˊ ㄧㄡˇ ㄘㄨㄟˇ ）（　），河水浼浼（ㄏㄜˊ ㄕㄨㄟˇ ㄇㄟˇ ㄇㄟˇ ）（　）。燕婉之求（ㄧㄢˋ ㄨㄢˇ ㄓ ㄑㄧㄡˊ ），籧篨不殄（ㄑㄩˊ ㄔㄨˊ ）不殄（ㄅㄨˋ ㄊㄧㄢˇ ）（　）。

魚網之設（ㄩˊ ㄨㄤˇ ㄓ ㄕㄜˋ ），鴻則離（ㄏㄨㄥˊ ㄗㄜˊ ㄌㄧˊ ）（　）之（ㄓ ）。燕婉之求（ㄧㄢˋ ㄨㄢˇ ㄓ ㄑㄧㄡˊ ），得此戚施（ㄉㄜˊ ㄘˇ ㄑㄧ ㄕ ）（　）。

19.（總044）二子乘舟

二子乘舟（ㄦˋ ㄗˇ ㄔㄥˊ ㄓㄡ ），汎汎其景（ㄈㄢˋ ㄈㄢˋ ㄑㄧˊ ㄐㄧㄥˇ ）（　）。願言思子（ㄩㄢˋ ㄧㄢˊ ㄙ ㄗˇ ），中心養養（ㄓㄨㄥ ㄒㄧㄣ ㄧㄤˇ ㄧㄤˇ ）（　）。

二子乘舟（ㄦˋ ㄗˇ ㄔㄥˊ ㄓㄡ ），汎汎其逝（ㄈㄢˋ ㄈㄢˋ ㄑㄧˊ ㄕˋ ）（　）。願言思子（ㄩㄢˋ ㄧㄢˊ ㄙ ㄗˇ ），不瑕有害（ㄅㄨˋ ㄒㄧㄚˊ ㄧㄡˇ ㄏㄞˋ ）（　）。

（四）鄘風

1.（總045）柏舟

汎彼柏舟（ㄈㄢˋ ㄅㄧˇ ㄅㄛˊ ㄓㄡ ），在彼中河（ㄗㄞˋ ㄅㄧˇ ㄓㄨㄥ ㄏㄜˊ ）（　）。髧彼兩髦（ㄉㄢˋ ㄅㄧˇ ㄌㄧㄤˇ ㄇㄠˊ ），實維我儀（ㄕˊ ㄨㄟˊ ㄨㄛˇ ㄧˊ ）（　），之死矢靡它（ㄓ ㄙˇ ㄕˇ ㄇㄧˇ ㄊㄚ ）（　）。母也天（ㄇㄨˇ ㄧㄝˇ ㄊㄧㄢ ）（　）只，不諒人（ㄅㄨˋ ㄌㄧㄤˋ ㄖㄣˊ ）（　）只！

---

[21]「鮮」與「泚、瀰」元、脂合韻，屬次對轉關係。

汎彼柏舟，在彼河側（　）。髧彼兩髦，實維我特（　），之死矢靡慝（　）。母也天（　）只，不諒人（　）只！

2.（總046）墙有茨

牆有茨，不可掃（　）也。中冓之言，不可道（　）也。所可道（　）也，言之醜（　）也。

牆有茨，不可襄（　）也。中冓之言，不可詳（　）也。所可詳（　）也，言之長（　）也。

牆有茨，不可束（　）也。中冓之言，不可讀（　）也。所可讀（　）也，言之辱（　）也。

3.（總047）君子偕老

君子偕老，副笄六珈（　）。委委佗佗（　），如山如河（　）。象服是宜（　），子之不淑，云如之何（　）？

玭兮玭兮！其之翟（　）也。鬒髮如雲，不屑髢（　）也。玉之瑱也，象之揥（　）也，揚且之皙（　）也。胡然而天也，胡然而帝（　）也。

瑳兮瑳兮！其之展（　）也。蒙彼縐絺，是紲袢（　）也。子之清揚，揚且之顏（　）也。展如之人兮，邦之媛（　）也。

4.（總048）桑中

　　爰采唐（　）矣，沬之鄉（　）矣。云誰之思？美孟姜（　）矣。期我乎桑中（　），要我乎上宮（　），送我乎淇之上〔　〕矣。

　　爰采麥（　）矣，沬之北（　）矣。云誰之思？美孟弋（　）矣。期我乎桑中（　），要我乎上宮（　），送我乎淇之上〔　〕矣。

　　爰采葑（　）矣，沬之東（　）矣。云誰之思，美孟庸（　）矣。期我乎桑中（　），要我乎上宮（　），送我乎淇之上〔　〕矣。

5.（總049）鶉之奔奔

　　鶉之奔奔，鵲之彊彊（　）。人之無良（　），我以為兄（　）。

　　鵲之彊彊〔　〕，鶉之奔奔（　）。人之無良〔　〕，我以為君（　）。

6.（總050）定之方中

　　定之方中（　），作于楚宮（　）。揆之以日（　），作于楚室（　）。樹之榛栗（　），椅桐梓漆（　），爰伐琴瑟（　）。

ㄕㄥ ㄅㄧˇ ㄒㄩ
升彼虛（　　）矣，以望楚（　　）矣。望楚與堂（　　），
ㄐㄧㄥˇ ㄕㄢ ㄩˇ ㄐㄧㄥ
景山與京（　　）。降觀于桑（　　），卜云其吉，終然允臧
（　　）。

　　ㄌㄧㄥˊ ㄩˇ ㄐㄧˋ ㄌㄧㄥˊ
靈雨既零（　　），命彼倌人（　　）。星言夙駕，說于
ㄙㄤ ㄊㄧㄢˊ
桑田（　　）。匪直也人（　　），秉心塞淵（　　），騋牝三
ㄑㄧㄢ
千（　　）。

7.（總 051）蝃蝀

　　ㄉㄧˋ ㄉㄨㄥ ㄗㄞˋ ㄉㄨㄥ
蝃蝀在東，莫之敢指（　　）。女子有行，遠父母兄弟
（　　）。

　　ㄓㄠ ㄐㄧ ㄩˊ ㄒㄧ
朝隮于西，崇朝其雨（　　）。女子有行，遠兄弟父母
（　　）[22]。

　　ㄋㄞˇ ㄖㄨˊ ㄓ ㄖㄣˊ
乃如之人（　　）也，懷婚姻（　　）也。大無信（　　）
也，不知命（　　）也。

8.（總 052）相鼠

　　ㄒㄧㄤˋ ㄕㄨˇ ㄧㄡˇ ㄆㄧˊ
相鼠有皮（　　），人而無儀（　　）。人而無儀（　　），
ㄅㄨˋ ㄙˇ ㄏㄜˊ ㄨㄟˊ
不死何為（　　）？

　　ㄒㄧㄤˋ ㄕㄨˇ ㄧㄡˇ ㄔˇ
相鼠有齒（　　），人而無止（　　）。人而無止（　　），
ㄅㄨˋ ㄙˇ ㄏㄜˊ ㄙˋ
不死何俟（　　）？

························

[22]「母」與「雨」之、魚合韻，屬次旁轉關係。

相鼠有體（　），人而無禮（　）。人而無禮（　），
胡不遄死（　）？

9.（總053）干旄

子子干旄（　），在浚之郊（　）。素絲紕（＿＿＿）[23]
之，良馬四（　）之。彼姝者子，何以畀（　）之？
子子干旟（　），在浚之都（　）。素絲組（　）
之，良馬五（　）之。彼姝者子，何以予（　）之？
子子干旌（　），在浚之城（　）。素絲祝（　）
之，良馬六（　）之。彼姝者子，何以告（　）之？

10.（總054）載馳

載馳載驅（　），歸唁衛侯（　）。驅馬悠悠（　），
言至于漕（　）。大夫跋涉，我心則憂（　）。
既不我嘉，不能旋反（　）。視爾不臧，我思不遠
（　）。
既不我嘉，不能旋濟（　）。視爾不臧，我思不閟
（＿＿＿）[24]。

---

[23]「紕」與「四、畀」脂、質通韻，屬陰、入正對轉關係。

[24]「閟」與「濟」質、脂通韻，屬入、陰正對轉關係。

陟彼阿丘，言采其蝱（　）。女子善懷，亦各有行（　）。許人尤之，眾穉且狂（　）。

我行其野，芃芃其麥（　）。控于大邦，誰因誰極（　）？大夫君子，無我有尤（　）。百爾所思（　），不如我所之（　）。

（五）衛風

1.（總055）淇奧

瞻彼淇奧，綠竹猗猗（　）。有匪君子，如切如磋（　），如琢如磨（　）。瑟兮僩（　）兮，赫兮咺（　）兮。有匪君子，終不可諼（　）兮。

瞻彼淇奧，綠竹青青（　）。有匪君子，充耳琇瑩（　），會弁如星（　）。瑟兮僩（　）兮，赫兮咺（　）兮。有匪君子，終不可諼（　）兮。

瞻彼淇奧，綠竹如簀（　）。有匪君子，如金如錫（　），如圭如璧（　）。寬兮綽（　）兮，猗重較（　）兮。善戲謔（　）兮，不為虐（　）兮。

2.（總056）考槃

考槃在澗（　），碩人之寬（　）。獨寐寤言（　），永矢弗諼（　）。

考槃在阿（　），碩人之薖（　）。獨寐寤歌（　），永矢弗過（　）。

考槃在陸（　），碩人之軸（　）。獨寐寤宿（　），永矢弗告（　）。

3.（總057）碩人

碩人其頎（　），衣錦褧衣（　）。齊侯之子，衛侯之妻（　），東宮之妹，邢侯之姨（　）。譚公維私（　）。

手如柔荑（　），膚如凝脂（　）。領如蝤蠐（　），齒如瓠犀（　）。螓首蛾眉（　），巧笑倩（　）兮，美目盼＿＿＿[25]兮。

碩人敖敖（　），說于農郊（　）。四牡有驕（　），朱幩鑣鑣（　）。翟茀以朝（　）。大夫夙退，無使君勞（　）。

河水洋洋，北流活活（　）。施罛濊濊（　），鱣鮪發發（　）。葭菼揭揭（　），庶姜孽孽（　），庶士有朅（　）。

....

[25] 「盼」與「倩」諄、真合韻，屬近旁轉關係。

4.（總 058）氓

氓之蚩蚩（　），抱布貿絲（　）。匪來貿絲（　），來即我謀（　）。送子涉淇（　），至于頓丘（　）。匪我愆期（　），子無良媒（　）。將子無怒，秋以為期（　）。

乘彼垝垣（　），以望復關（　）。不見復關（　），泣涕漣漣（　）。既見復關（　），載笑載言（　）。爾卜爾筮，體無咎言（　）。以爾車來，以我賄遷（　）。

桑之未落（　），其葉沃若（　）。于嗟鳩兮，無食桑葚〔　〕。于嗟女兮，無與士耽〔　〕。士之耽〔　〕兮，猶可說（　）也。女之耽〔　〕兮，不可說（　）也。

桑之落矣，其黃而隕（　）。自我徂爾，三歲食貧（　）。淇水湯湯（　），漸車帷裳（　）。女也不爽（　），士貳其行（　）。士也罔極（　），二三其德（　）。

三歲為婦，靡室勞（　）矣。夙興夜寐，靡有朝（　）矣。言既遂矣，至於暴〔　〕矣。兄弟不知，咥其笑（　）矣。靜言思之，躬自悼〔　〕矣。

及爾偕老，老使我怨（　）。淇則有岸（　），隰則有泮（　）。總角之宴（　），言笑晏晏（　）。信誓旦旦

（　），不思其反（　）。反是不思（　），亦已焉哉（　）！

5.（總059）竹竿

籊籊竹竿，以釣于淇（　）。豈不爾思（　）？遠莫致之（　）。

泉源在左，淇水在右（　）。女子有行，遠兄弟父母（　）。

淇水在右，泉源在左（　）。巧笑之瑳（　），佩玉之儺（　）。

淇水滺滺（　），檜楫松舟（　）。駕言出遊（　），以寫我憂（　）。

6.（總060）芄蘭

芄蘭之支（　），童子佩觽（　）。雖則佩觽（　），能不我知（　）。容兮遂（　）兮，垂帶悸（　）[26]兮。

芄蘭之葉（　），童子佩韘（　）。雖則佩韘（　），能不我甲（　）[27]。容兮遂（　）兮，垂帶悸（　）兮。

....

[26] 「悸」與「遂」質、沒合韻，屬近旁轉關係。

[27] 「甲」與「葉、韘、韘」盍、怗合韻，屬旁轉關係。

7.（總 061）河廣

誰謂河廣？一葦杭（　　）之。誰謂宋遠？跂予望（　　）之。

誰謂河廣？曾不容刀（　　），誰謂宋遠？曾不崇朝（　　）。

8.（總 062）伯兮

伯兮朅（　　）兮，邦之桀（　　）兮。伯也執殳（　　），為王前驅（　　）。

自伯之東（　　），首如飛蓬（　　）。豈無膏沐，誰適為容（　　）。

其雨其雨，杲杲出日（　　）。願言思伯，甘心首疾（　　）。

焉得諼草，言樹之背（　　）。願言思伯，使我心痗（　　）[28]。

9.（總 063）有狐

有狐綏綏，在彼淇梁（　　）。心之憂矣，之子無裳（　　）。

有狐綏綏，在彼淇厲（　　）。心之憂矣，之子無帶（　　）。

---

[28] 「痗」與「背」之、職通韻，屬陰、入正對轉關係。

ーヌˇ ㄏㄨˊ ㄙㄨㄟ ㄙㄨㄟ ㄗㄞˋ ㄅ一ˇ ㄑ一ˊ ㄘㄜˋ
有狐綏綏，在彼淇側（　　）。心之憂矣，之子無服
（　　）。

10.（總064）木瓜

ㄊㄡˊ ㄨㄛˇ 一ˇ ㄇㄨˋ ㄍㄨㄚ　　ㄅㄠˋ ㄓ 一ˇ ㄑㄩㄥˊ ㄐㄩ　　ㄈㄟˇ ㄅㄠˋ
　投我以木瓜（　　），報之以瓊琚（　　）。匪報（　　）
一ㄝˇ ㄩㄥˇ 一ˇ ㄨㄟˊ ㄏㄠˇ　　一ㄝˇ
也，永以為好（　　）也。

ㄊㄡˊ ㄨㄛˇ 一ˇ ㄇㄨˋ ㄊㄠˊ　　ㄅㄠˋ ㄓ 一ˇ ㄑㄩㄥˊ 一ㄠˊ　　ㄈㄟˇ ㄅㄠˋ
　投我以木桃（　　），報之以瓊瑤（　　）。匪報（　　）
一ㄝˇ ㄩㄥˇ 一ˇ ㄨㄟˋ ㄏㄠˇ　　一ㄝˇ
也，永以為好（　　）也。

ㄊㄡˊ ㄨㄛˇ 一ˇ ㄇㄨˋ ㄌ一ˇ　　ㄅㄠˋ ㄓ 一ˇ ㄑㄩㄥˊ ㄐ一ㄡˇ　　ㄈㄟˇ ㄅㄠˋ
　投我以木李（　　），報之以瓊玖（　　）。匪報（　　）
一ㄝˇ ㄩㄥˇ 一ˇ ㄨㄟˋ ㄏㄠˇ　　一ㄝˇ
也，永以為好（　　）也。

（六）王風

1.（總065）黍離

ㄅ一ˇ ㄕㄨˇ ㄌ一ˊ ㄌ一ˊ　　ㄅ一ˇ ㄐ一ˋ ㄓ ㄇ一ㄠˊ　　ㄒ一ㄥˊ ㄇㄞˋ ㄇ一ˇ ㄇ一ˇ　　ㄓㄨㄥ
　彼黍離離〔　　〕，彼稷之苗（　　）。行邁靡靡〔　　〕，中
ㄒ一ㄣㄧㄠˊ 一ㄠˊ　　ㄓ ㄨㄛˇ ㄓㄜˇ　　ㄨㄟˋ ㄨㄛˇ ㄒ一ㄣ 一ㄡ　　ㄅㄨˋ ㄓ ㄨㄛˇ ㄓㄜˇ
心搖搖（　　）。知我者〔　　〕，謂我心憂（　　）；不知我者
ㄨㄟˋ ㄨㄛˇ ㄏㄜˊ ㄑ一ㄡˊ　　一ㄡ 一ㄡ ㄘㄤ ㄊ一ㄢ　　ㄘˇ ㄏㄜˊ ㄖㄣˊ　　ㄗㄞ
〔　　〕，謂我何求（　　）。悠悠蒼天（　　），此何人（　　）哉！

ㄅ一ˇ ㄕㄨˇ ㄌ一ˊ ㄌ一ˊ　　ㄅ一ˇ ㄐ一ˋ ㄓ ㄙㄨㄟˋ　　ㄒ一ㄥˊ ㄇㄞˋ ㄇ一ˇ ㄇ一ˇ　　ㄓㄨㄥ
　彼黍離離〔　　〕，彼稷之穗（　　）。行邁靡靡〔　　〕，中
ㄒ一ㄣ ㄖㄨˊ ㄗㄨㄟˋ　　ㄓ ㄨㄛˇ ㄓㄜˇ　　ㄨㄟˋ ㄨㄛˇ ㄒ一ㄣ 一ㄡ　　ㄅㄨˋ ㄓ ㄨㄛˇ ㄓㄜˇ
心如醉＿＿＿（　　）[29]。知我者〔　　〕，謂我心憂（　　）；不知我者
ㄨㄟˋ ㄨㄛˇ ㄏㄜˊ ㄑ一ㄡˊ　　一ㄡ 一ㄡ ㄘㄤ ㄊ一ㄢ　　ㄘˇ ㄏㄜˊ ㄖㄣˊ　　ㄗㄞ
〔　　〕，謂我何求（　　）。悠悠蒼天（　　），此何人（　　）哉！

....

[29]「醉」與「穗」沒、質合韻，屬近旁轉關係。

彼黍離離〔　〕，彼稷之實（　）。行邁靡靡〔　〕，中心如噎（　）。知我者〔　〕，謂我心憂（　）；不知我者〔　〕，謂我何求（　）。悠悠蒼天（　），此何人（　）哉！

2.（總066）君子于役

　　君子于役，不知其期（　），曷至哉（　）？雞棲于塒（　），日之夕矣，羊牛下來（　）。君子于役，如之何勿思（　）？

　　君子于役，不日不月（　），曷其有佸（　）？雞棲于桀（　），日之夕矣，羊牛下括（　）。君子于役，苟無飢渴（　）。

3.（總067）君子陽陽

　　君子陽陽（　），左執簧（　），右招我由房（　）。其樂只且〔　〕！

　　君子陶陶（　），左執翿（　），右招我由敖_____ [30]。其樂只且〔　〕！

4.（總068）揚之水

　　揚之水，不流束薪（　）。彼其之子，不與我戍申（　）。懷哉懷（　）哉，曷月予還歸（　）哉？

....

[30] 「敖」與「陶、翿」宵、幽合韻，屬近旁轉關係。

揚之水，不流束楚（　　）。彼其之子，不與我戍甫
（　　）。懷哉懷（　　）哉，曷月予還歸（　　）哉？

揚之水，不流束蒲（　　）。彼其之子，不與我戍許
（　　）。懷哉懷（　　）哉，曷月予還歸（　　）哉？

5.（總069）中谷有蓷

中谷有蓷，暵其乾（　　）矣。有女仳離，嘅其嘆（　　）
矣。嘅其嘆（　　）矣！遇人之艱難（　　）矣！

中谷有蓷，暵其脩＿＿＿（　　）[31]矣。有女仳離，條其歗
（　　）矣。條其歗（　　）矣！遇人之不淑（　　）矣！

中谷有蓷，暵其濕（　　）矣。有女仳離，啜其泣（　　）
矣。啜其泣（　　）矣！何嗟及（　　）矣！

6.（總070）兔爰

有兔爰爰，雉離于羅（　　）。我生之初，尚無為
（　　）。我生之後，逢此百罹（　　）。尚寐無吪（　　）！

有兔爰爰，雉離于罦（　　）。我生之初，尚無造
（　　）。我生之後，逢此百憂（　　）。尚寐無覺（　　）[32]！

....

[31] 「脩」與「歗、歗、淑」幽、覺通韻，屬陰、入正對轉關係。

[32] 「覺」與「罦、造、憂」覺、幽通韻，屬入、陰正對轉關係。

有兔爰爰，雉離于罿（　　）。我生之初，尚無庸（　　）。我生之後，逢此百凶（　　）。尚寐無聰（　　）！

7.（總071）葛藟

綿綿葛藟，在河之滸（　　）。終遠兄弟，謂他人父（　　）。謂他人父（　　），亦莫我顧（　　）。

緜緜葛藟，在河之涘（　　）。終遠兄弟，謂他人母（　　）。謂他人母（　　），亦莫我有（　　）。

緜緜葛藟，在河之漘（　　）。終遠兄弟，謂他人昆（　　）。謂他人昆（　　），亦莫我聞（　　）。

8.（總072）采葛

彼采葛（　　）兮，一日不見，如三月（　　）兮！

彼采蕭（　　）兮，一日不見，如三秋（　　）兮！

彼采艾（　　）兮，一日不見，如三歲（　　）兮！

9.（總073）大車

大車檻檻（　　），毳衣如菼（　　）。豈不爾思？畏子不敢（　　）。

大車啍啍（　　），毳衣如璊（　　）。豈不爾思？畏子不奔（　　）。

ㄍㄨˇㄗㄜˊㄧˋㄕˋ
穀則異室（　　），死則同穴（　　）。謂予不信，有如

ㄐㄧㄠˇㄖˋ
皦日（　　）。

10.（總074）丘中有麻

ㄑㄧㄡㄓㄨㄥㄧㄡˇㄇㄚˊ　　　　　　　ㄅㄧˇㄌㄧㄡˊㄗˇㄐㄧㄝ　　　　　　　ㄅㄧˇㄌㄧㄡˊㄗˇㄐㄧㄝ
丘中有麻（　　），彼留子嗟（　　）。彼留子嗟（　　），

ㄐㄧㄤㄑㄧˊㄌㄞˊㄕ　ㄕ
將其來施施（　　）。

ㄑㄧㄡㄓㄨㄥㄧㄡˇㄇㄞˋ　　　　　　　ㄅㄧˇㄌㄧㄡˊㄗˇㄍㄨㄛˊ　　　　　　　ㄅㄧˇㄌㄧㄡˊㄗˇㄍㄨㄛˊ
丘中有麥（　　），彼留子國（　　）。彼留子國

ㄐㄧㄤㄑㄧˊㄌㄞˊㄕˊ
（　　），將其來食（　　）。

ㄑㄧㄡㄓㄨㄥㄧㄡˇㄌㄧˇ　　　　　　　ㄅㄧˇㄌㄧㄡˊㄓㄗˇ　　　　　　　ㄅㄧˇㄌㄧㄡˊㄓㄗˇ
丘中有李（　　），彼留之子（　　）。彼留之子（　　），

ㄧˊㄨㄛˇㄆㄟˋㄐㄧㄡˇ
貽我佩玖（　　）。

（七）鄭風

1.（總075）緇衣

ㄗㄧㄓㄧˊ　　　　　　ㄒㄧ　　ㄅㄟˋㄩˊㄧㄡˋㄍㄞˇㄨㄟˊ　　　　　ㄒㄧ　ㄕˋㄗˇㄓㄍㄨㄢˇ
緇衣之宜（　　）兮，敝予又改為（　　）兮。適子之館

ㄒㄧ　ㄒㄩㄢˊㄩˊㄕㄡˋㄗˇㄓㄘㄢˋ　　　　ㄒㄧ
（　　）兮，還予授子之粲（　　）兮。

ㄗㄧㄓㄏㄠˇ　　　　　　ㄒㄧ　　ㄅㄟˋㄩˊㄧㄡˋㄍㄞˇㄗㄠˋ　　　　　ㄒㄧ　ㄕˋㄗˇㄓㄍㄨㄢˇ
緇衣之好（　　）兮，敝予又改造（　　）兮。適子之館

ㄒㄧ　ㄒㄩㄢˊㄩˊㄕㄡˋㄗˇㄓㄘㄢˋ　　　　ㄒㄧ
（　　）兮，還予授子之粲（　　）兮。

ㄗㄧㄓㄒㄧˊ　　　　　　ㄒㄧ　　ㄅㄟˋㄩˇㄩˊㄍㄞˇㄗㄨㄛˋ　　　　　ㄒㄧ　ㄕˋㄗˇㄓㄍㄨㄢˇ
緇衣之蓆（　　）兮，敝予予改作（　　）兮。適子之館

ㄒㄧ　ㄒㄩㄢˊㄩˊㄕㄡˋㄗˇㄓㄘㄢˋ　　　　ㄒㄧ
（　　）兮，還予授子之粲（　　）兮。

2.（總 076）將仲子

　　將仲子兮，無踰我里（　　），無折我樹杞（　　）。豈敢愛之？畏我父母（　　）。仲可懷（　　）也，父母之言，亦可畏（　　）也。

　　將仲子兮，無踰我牆（　　），無折我樹桑（　　）。豈敢愛之？畏我諸兄（　　）。仲可懷（　　）也，諸兄之言，亦可畏（　　）也。

　　將仲子兮，無踰我園（　　），無折我樹檀（　　）。豈敢愛之？畏人之多言（　　）。仲可懷（　　）也，人之多言，亦可畏（　　）也。

3.（總 077）叔于田

　　叔于田（　　），巷無居人（　　）。豈無居人（　　）？不如叔也，洵美且仁（　　）。

　　叔于狩（　　），巷無飲酒（　　）。豈無飲酒（　　）？不如叔也，洵美且好（　　）。

　　叔適野（　　），巷無服馬（　　）。豈無服馬（　　）？不如叔也，洵美且武（　　）。

4.（總078）大叔于田

大叔于田，乘乘馬（　）。執轡如組（　），兩驂如舞（　）。叔在藪，火烈具舉（　）。襢裼暴虎（　），獻于公所（　）。將叔無狃，戒其傷女（　）。

叔于田，乘乘黃（　）。兩服上襄（　），兩驂雁行（　）。叔在藪，火烈具揚（　）。叔善射（　）忌，又良御（　）[33]忌。抑磬控（　）忌，抑縱送（　）忌。

叔于田，乘乘鴇（　）。兩服齊首（　），兩驂如手（　）。叔在藪，火烈具阜（　）。叔馬慢（　）忌，叔發罕（　）忌。抑釋掤（　）忌，抑鬯弓（　）忌。

5.（總079）清人

清人在彭（　），駟介旁旁（　），二矛重英（　），河上乎翱翔（　）。

清人在消（　），駟介麃麃（　），二矛重喬（　），河上乎逍遙（　）。

清人在軸（＿＿＿＿）[34]，駟介陶陶（　），左旋右抽（　），中軍作好（　）。

....

[33] 「御」與「射」鐸、魚通韻，屬入、陰正對轉關係。

[34] 「軸」與「陶、抽、好」覺、幽通韻，屬入、陰正對轉關係。

6.（總080）羔裘

　　羔裘如濡（　），洵直且侯（　）。彼其之子，舍命不渝（　）。

　　羔裘豹飾（　），孔武有力（　）。彼其之子，邦之司直（　）。

　　羔裘晏（　）兮，三英粲（　）兮。彼其之子，邦之彥（　）兮。

7.（總081）遵大路

　　遵大路〔　〕兮，摻執子之袪（　）兮。無我惡〔　〕兮，不寁故（　）也。

　　遵大路兮，摻執子之手（　）兮。無我醜（　）兮，不寁好（　）也。

8.（總082）女曰雞鳴

　　女曰雞鳴，士曰昧旦（　）。子興視夜，明星有爛（　）。將翱將翔，弋鳧與雁（　）。

　　弋言加（　）之，與子宜（　）之。宜言飲酒（　），與子偕老（　）。琴瑟在御，莫不靜好（　）。

知子之來（　　）之，雜佩以贈（　　　）[35]之。知子之順（　　）之，雜佩以問（　　）之。知子之好（　　）之，雜佩以報（　　）之。

9.（總083）有女同車

有女同車（　　），顏如舜華（　　）。將翱將翔〔　　〕，佩玉瓊琚（　　）。彼美孟姜〔　　〕，洵美且都（　　）。

有女同行（　　），顏如舜英（　　）。將翱將翔（　　），佩玉將將（　　）。彼美孟姜（　　），德音不忘（　　）。

10.（總084）山有扶蘇

山有扶蘇（　　），隰有荷華（　　）。不見子都（　　），乃見狂且（　　）。

山有橋松（　　），隰有游龍（　　）。不見子充（　　），乃見狡童（　　）。

11.（總085）蘀兮

蘀兮蘀〔　　〕兮，風其吹（　　）女。叔兮伯〔　　〕兮，倡予和（　　）女。

蘀兮蘀〔　　〕兮，風其漂（　　）女。叔兮伯〔　　〕兮，倡予要（　　）女。

....

[35] 「贈」與「來」蒸、之通韻，屬陽、陰正對轉關係。

12.（總 086）狡童

彼狡童兮，不與我言（　）兮。維子之故，使我不能餐（　）兮。

彼狡童兮，不與我食（　）兮。維子之故，使我不能息（　）兮。

13.（總 087）褰裳

子惠思我，褰裳涉溱（　）。子不我思，豈無他人（　）。狂童之狂也且〔　〕。

子惠思我，褰裳涉洧（　）。子不我思，豈無他士（　）。狂童之狂也且〔　〕。

14.（總 088）丰

子之丰（　）兮，俟我乎巷（　）兮，悔予不送（　）兮。

子之昌（　）兮，俟我乎堂（　）兮，悔予不將（　）兮。

衣錦褧衣，裳錦褧裳（　）。叔兮伯兮，駕予與行（　）。

裳錦褧裳，衣錦褧衣（　）。叔兮伯兮，駕予與歸（　）。

15.（總089）東門之墠

東門之墠（　　），茹藘在阪（　　）。其室則邇，其人甚
遠（　　）。

東門之栗（　　），有踐家室（　　）。豈不爾思，子不我
即（　　）。

16.（總090）風雨

風雨淒淒（　　），雞鳴喈喈（　　）。既見君子，云胡不
夷（　　）？

風雨瀟瀟（　　），雞鳴膠膠（　　）。既見君子，云胡不
瘳（　　）？

風雨如晦（　　），雞鳴不已（　　）。既見君子
（　　），云胡不喜（　　）？

17.（總091）子衿

青青子衿（　　），悠悠我心（　　）。縱我不往，子寧不
嗣音（　　）。

青青子佩（　　），悠悠我思（　　）。縱我不往，子寧不
來（　　）。

挑兮達（　　）兮，在城闕（　　）兮。一日不見，如三月
（　　）兮。

18.（總 092）揚之水

　　揚之水，不流束楚（　　）。終鮮兄弟，維予與女
（　　）。無信人之言，人實迋女（　　）。

　　揚之水，不流束薪（　　）。終鮮兄弟，維予二人
（　　）。無信人之言，人實不信（　　）。

19.（總 093）出其東門

　　出其東門（　　），有女如雲（　　）。雖則如雲（　　），
匪我思存（　　）。縞衣綦巾（　　），聊樂我員（　　）。

　　出其闉闍（　　），有女如荼（　　）。雖則如荼（　　），
匪我思且（　　）。縞衣茹藘（　　），聊可與娛（　　）。

20.（總 094）野有蔓草

　　野有蔓草，零露漙（　　）兮。有美一人，清揚婉（　　）
兮。邂逅相遇，適我願（　　）兮。

　　野有蔓草，零露瀼瀼（　　）。有美一人，婉如清揚
（　　）。邂逅相遇，與子偕臧（　　）。

21.（總 095）溱洧

　　溱與洧，方渙渙（　　）兮。士與女，方秉蕑（　　）
兮。女曰觀乎（　　）？士曰既且[36]（　　）。且往觀乎

....

[36]「且」，通「徂」。

42

（　）？洧之外，洵訏且樂（　）。維士與女，伊其相謔
（　），贈之以勺藥（　）。

　　溱與洧，瀏其清（　）矣。士與女，殷其盈（　）矣。
女曰觀乎（　）？士曰既且（　）。且往觀乎（　）？洧之
外，洵訏且樂（　）。維士與女，伊其將謔（　），贈之
以勺藥（　）。

（八）齊風

1.（總096）雞鳴

　　雞既鳴（　）矣，朝既盈（　）矣。匪雞則鳴（　），
蒼蠅之聲（　）。

　　東方明（　）矣，朝既昌（　）矣。匪東方則明
（　），月出之光（　）。

　　蟲飛薨薨（　），甘與子同夢（　）。會且歸矣，無
庶予子憎（　）。

2.（總097）還

　　子之還（　）兮，遭我乎峱之間（　）兮。並驅從兩
肩（　）兮，揖我謂我儇（　）兮。

　　子之茂（　）兮，遭我乎峱之道（　）兮。並驅從兩
牡（　）兮，揖我謂我好（　）兮。

子之昌（　）兮，遭我乎峱之陽（　）兮。並驅從兩狼（　）兮，揖我謂我臧（　）兮。

3.（總098）著

俟我於著（　）乎而，充耳以素（　）乎而，尚之以瓊華（　）乎而。

俟我於庭（　）乎而，充耳以青（　）乎而，尚之以瓊瑩（　）乎而。

俟我於堂（　）乎而，充耳以黃（　）乎而，尚之以瓊英（　）乎而。

4.（總099）東方之日

東方之日（　）兮，彼姝者子，在我室（　）兮。在我室（　）兮，履我即（　）兮。

東方之月（　）兮，彼姝者子，在我闥（　）兮。在我闥（　）兮，履我發（　）兮。

5.（總100）東方未明

東方未明（　），顛倒衣裳（　）。顛之倒（　）之，自公召（　）之。

東方未晞（　），顛倒裳衣（　）。倒之顛（　）之，自公令（　）之。

折柳樊圃（　），狂夫瞿瞿（　）。不能辰夜（　），不夙則莫（　）。

6.（總101）南山

南山崔崔（　），雄狐綏綏（　）。魯道有蕩，齊子由歸（　）。既曰歸（　）止，曷又懷（　）止？

葛屨五兩〔　〕，冠緌雙（　）止。魯道有蕩〔　〕，齊子庸（　）止。既曰庸（　）止，曷又從（　）止？

蓺麻如之何〔　〕？衡從其畝（　）。取妻如之何〔　〕？必告父母（　）。既曰告（　）止，曷又鞠（　）止？

析薪如之何〔　〕？匪斧不克（　）。取妻如之何〔　〕？匪媒不得（　）。既曰得（　）止，曷又極（　）止？

7.（總102）甫田

無田甫田〔　〕，維莠驕驕（　）。無思遠人〔　〕，勞心忉忉（　）。

無田甫田〔　〕，維莠桀桀（　）。無思遠人〔　〕，勞心怛怛（　）。

婉ㄨㄢˇ兮孌ㄌㄨㄢˊ（　　）兮，總角丱ㄍㄨㄢˋ（　　）兮。未幾見ㄐㄧㄢˋ（　　）兮，突而弁ㄅㄧㄢˋ（　　）兮。

8.（總103）盧令

盧令令ㄌㄧㄥˊㄌㄧㄥˊ（　　），其人美且仁ㄑㄧˊㄖㄣˊㄇㄟˇㄑㄧㄝˇㄖㄣˊ（　　）。

盧重環ㄌㄨˊㄔㄨㄥˊㄏㄨㄢˊ（　　），其人美且鬈ㄑㄧˊㄖㄣˊㄇㄟˇㄑㄧㄝˇㄑㄩㄢˊ（　　）。

盧重鋂ㄌㄨˊㄔㄨㄥˊㄇㄟˊ（　　），其人美且偲ㄑㄧˊㄖㄣˊㄇㄟˇㄑㄧㄝˇㄙㄞ（　　）。

9.（總104）敝笱

敝笱在梁ㄅㄧˋㄍㄡˇㄗㄞˋㄌㄧㄤˊ，其魚魴鰥ㄑㄧˊㄩˊㄈㄤˊㄍㄨㄢ（　　）。齊子歸止ㄑㄧˊㄗˇㄍㄨㄟㄓˇ，其從如雲ㄑㄧˊㄘㄨㄥˊㄖㄨˊㄩㄣ（　　）。

敝笱在梁ㄅㄧˋㄍㄡˇㄗㄞˋㄌㄧㄤˊ，其魚魴鱮ㄑㄧˊㄩˊㄈㄤˊㄒㄩˋ（　　）。齊子歸止ㄑㄧˊㄗˇㄍㄨㄟㄓˇ，其從如雨ㄑㄧˊㄘㄨㄥˊㄖㄨˊㄩˇ（　　）。

敝笱在梁ㄅㄧˋㄍㄡˇㄗㄞˋㄌㄧㄤˊ，其魚唯唯ㄑㄧˊㄩˊㄨㄟˇㄨㄟˇ（　　）。齊子歸止ㄑㄧˊㄗˇㄍㄨㄟㄓˇ，其從如水ㄑㄧˊㄘㄨㄥˊㄖㄨˊㄕㄨㄟˇ（　　）。

10.（總105）載驅

載驅薄薄ㄗㄞˋㄑㄩㄅㄛˊㄅㄛˊ（　　），簟茀朱鞹ㄉㄧㄢˋㄈㄨˊㄓㄨㄎㄨㄛˋ（　　）。魯道有蕩ㄌㄨˇㄉㄠˋㄧㄡˇㄉㄤˋ，齊子發夕ㄑㄧˊㄗˇㄈㄚㄒㄧˋ（　　）。

四驪濟濟ㄙㄌㄧˊㄐㄧˇㄐㄧˇ（　　），垂轡濔濔ㄔㄨㄟˊㄆㄟˋㄋㄧˇㄋㄧˇ（　　）。魯道有蕩ㄌㄨˇㄉㄠˋㄧㄡˇㄉㄤˋ，齊子豈弟ㄑㄧˊㄗˇㄎㄞˇㄊㄧˋ（　　）。

汶水湯湯（　），行人彭彭（　）。魯道有蕩（　），齊子翱翔（　）。

汶水滔滔（　）[37]，行人儦儦（　）。魯道有蕩，齊子遊敖（　）。

11.（總106）猗嗟

猗嗟昌（　）兮，頎而長（　）兮。抑若揚（　）兮，美目揚（　）兮。巧趨蹌（　）兮，射則臧（　）兮。

猗嗟名（　）兮，美目清（　）兮，儀既成（　）兮，終日射侯。不出正（　）兮。展我甥（　）兮。

猗嗟孌（　）兮，清揚婉（　）兮。舞則選（　）兮，射則貫（　）兮。四矢反（　）兮，以禦亂（　）兮。

（九）魏風

1.（總107）葛屨

糾糾葛屨，可以履霜（　）。摻摻女手，可以縫裳（　）。要之襋（　）之，好人服（　）之。

---

37 「滔」與「儦、敖」幽、宵合韻，屬近旁轉關係。

好人提提（　　　）[38]，宛然左辟（　　　），佩其象揥
（　　　）。維是褊心，是以為刺（　　　）。

2.（總108）汾沮洳

彼汾沮洳（　　　）[39]，言采其莫（　　　）。彼其之子，美無度
（　　　）；美無度（　　　），殊異乎公路（　　　）。

彼汾一方（　　　），言采其桑（　　　）。彼其之子，美如英
（　　　）；美如英（　　　），殊異乎公行（　　　）。

彼汾一曲（　　　），言采其藚（　　　）。彼其之子，美如玉
（　　　）；美如玉（　　　），殊異乎公族（　　　）。

3.（總109）園有桃

園有桃（　　　），其實之殽（　　　）。心之憂矣，我歌且謠
（　　　）。不知我者，謂我士也驕（　　　）。彼人是哉（　　　）？
子曰何其（　　　）？心之憂矣，其誰知之（　　　）？其誰知之
（　　　）？蓋亦勿思（　　　）！

園有棘（　　　），其實之食（　　　）。心之憂矣，聊以行
國（　　　）。不知我者，謂我士也罔極（　　　）。彼人是哉

....

[38]「提」與「辟、揥、刺」支、錫通韻，屬陰、入正對轉關係。

[39]「洳」與「莫、度、度、路」魚、鐸通韻，屬陰、入正對轉關係。

（　　）？子曰何其（　　）？心之憂矣，其誰知之（　　）？其誰知之（　　）？蓋亦勿思（　　）！

4.（總110）陟岵

　　陟彼岵（　　）兮，瞻望父（　　）兮。父曰嗟予子（　　），行役夙夜無已（　　）。上慎旃哉，猶來無止（　　）。

　　陟彼屺（　　）兮，瞻望母（　　）兮。母曰嗟予季（　　），行役夙夜無寐_____（40），上慎旃哉，猶來無棄（　　）。

　　陟彼岡（　　）兮，瞻望兄（　　）兮。兄曰嗟予弟（　　），行役夙夜必偕（　　），上慎旃哉，猶來無死（　　）。

5.（總111）十畝之間

　　十畝之間（　　）兮，桑者閑閑（　　）兮，行與子還（　　）兮。

　　十畝之外（　　）兮，桑者泄泄（　　）兮，行與子逝（　　）兮。

....

40　「寐」與「季、棄」沒、質合韻，屬近旁轉關係。

6.（總 112）伐檀

坎坎伐檀（　　）兮，寘之河之干（　　）兮，河水清且漣（　　）猗[41]。不稼不穡，胡取禾三百廛（　　）兮？不狩不獵，胡瞻爾庭有縣貆（　　）兮？彼君子兮，不素餐（　　）兮！

坎坎伐輻（　　）兮，寘之河之側（　　）兮，河水清且直（　　）猗。不稼不穡，胡取禾三百億（　　）兮？不狩不獵，胡瞻爾庭有縣特（　　）兮？彼君子兮，不素食（　　）兮！

坎坎伐輪（　　）兮，寘之河之漘（　　）兮，河水清且淪（　　）猗。不稼不穡，胡取禾三百囷（　　）兮？不狩不獵，胡瞻爾庭有縣鶉（　　）兮？彼君子兮，不素飧（　　）兮！

7.（總 113）碩鼠

碩鼠碩鼠（　　），無食我黍（　　）。三歲貫女（　　），莫我肯顧（　　）。逝將去女（　　），適彼樂土（　　）。樂土樂土（　　），爰得我所（　　）。

碩鼠碩鼠〔　　〕，無食我麥（　　）。三歲貫女〔　　〕，莫我肯德（　　）。逝將去女〔　　〕，適彼樂國（　　）。樂國樂國（　　），爰得我直（　　）。

....

[41] 「猗」，語助詞，猶「兮」。下兩章同。

碩鼠碩鼠〔　　〕，無食我苗（　　）。三歲貫女〔　　〕，莫我肯勞（　　）。逝將去女〔　　〕，適彼樂郊（　　）。樂郊樂郊（　　），誰之永號（　　）。

（十）唐風

1.（總114）蟋蟀

蟋蟀在堂，歲聿其莫＿＿＿（　　）[42]。今我不樂，日月其除（　　）。無已大康〔　　〕，職思其居（　　）。好樂無荒〔　　〕，良士瞿瞿（　　）。

蟋蟀在堂，歲聿其逝（　　）。今我不樂，日月其邁（　　）。無已大康〔　　〕，職思其外（　　）。好樂無荒〔　　〕，良士蹶蹶（　　）。

蟋蟀在堂，役車其休（　　）。今我不樂，日月其慆（　　）。無已大康〔　　〕，職思其憂（　　）。好樂無荒〔　　〕，良士休休（　　）。

2.（總115）山有樞

山有樞（　　），隰有榆（　　）。子有衣裳，弗曳弗婁（　　）。子有車馬，弗馳弗驅（　　）。宛其死矣，他人是愉（　　）。

....

42 「莫」與「除、居、瞿」鐸、魚通韻，屬入、陰正對轉關係。

山有栲（　　），隰有杻（　　）。子有廷內，弗洒弗埽（　　）。子有鐘鼓，弗鼓弗考（　　）。宛其死矣，他人是保（　　）。

山有漆（　　），隰有栗（　　）。子有酒食，何不日鼓瑟（　　）？且以喜樂，且以永日（　　）。宛其死矣，他人入室（　　）。

3.（總116）揚之水

揚之水，白石鑿鑿（　　）。素衣朱襮（　　），從子于沃（　　）。既見君子，云何不樂（　　）？

揚之水，白石皓皓（　　）。素衣朱繡（　　），從子于鵠（　　）。既見君子，云何其憂（　　）？

揚之水，白石粼粼（　　）。我聞有命（　　），不敢以告人（　　）。

4.（總117）椒聊

椒聊之實，蕃衍盈升（　　）。彼其之子，碩大無朋（　　）。椒聊（　　）且！遠條（　　）且！

椒聊之實，蕃衍盈匊（　　）。彼其之子，實大且篤（　　）。椒聊（　　）且！遠條（　　）且！

5.（總118）綢繆

綢繆束薪（　），三星在天（　）。今夕何夕？見此良人（　）。子兮子兮，如此良人（　）何！

綢繆束芻（　），三星在隅（　）。今夕何夕？見此邂逅（　）。子兮子兮，如此邂逅（　）何！

綢繆束楚（　），三星在戶（　）。今夕何夕？見此粲者（　）。子兮子兮，如此粲者（　）何！

6.（總119）杕杜

有杕之杜（　），其葉湑湑（　）。獨行踽踽（　），豈無他人？不如我同父（　）。嗟行之人，胡不比（　）焉？人無兄弟，胡不佽（　）焉？

有杕之杜，其葉菁菁（　）。獨行睘睘（　），豈無他人？不如我同姓（　）。嗟行之人，胡不比（　）焉？人無兄弟，胡不佽（　）焉？

7.（總120）羔裘

羔裘豹祛（　），自我人居居（　）。豈無他人？維子之故（　）。

羔裘豹褎（　），自我人究究（　）。豈無他人？維子之好（　）。

8.（總 121）鴇羽

ㄙㄨˋㄙㄨˋㄅㄠˇㄩˇ
肅肅鴇羽（　），ㄐㄧˊㄩˊㄅㄠㄒㄩˊ集于苞栩（　）。ㄨㄤˊㄕˋㄇㄧˇㄍㄨˇ王事靡盬（　），ㄅㄨˋㄋㄥˊ不能

ㄧˋㄐㄧˋㄕㄨˇ藝稷黍（　），ㄈㄨˋㄇㄨˇㄏㄜˊㄏㄨˋ父母何怙（　）？ㄧㄡ ㄧㄡ ㄘㄤ ㄊㄧㄢ悠悠蒼天，ㄏㄜˊㄑㄧˊㄧㄡˇㄙㄨㄛˇ曷其有所

（　）？

ㄙㄨˋㄙㄨˋㄅㄠˇㄧˋ肅肅鴇翼（　），ㄐㄧˊㄩˊㄅㄠㄐㄧˊ集于苞棘（　）。ㄨㄤˊㄕˋㄇㄧˇㄍㄨˇ王事靡盬，ㄅㄨˋㄋㄥˊㄧˋㄕㄨˇㄐㄧˊ不能藝黍稷

（　），ㄈㄨˋㄇㄨˇㄏㄜˊㄕˊ父母何食（　）？ㄧㄡ ㄧㄡ ㄘㄤ ㄊㄧㄢ悠悠蒼天，ㄏㄜˊㄑㄧˊㄧㄡˇㄐㄧˊ曷其有極（　）？

ㄙㄨˋㄙㄨˋㄅㄠˇㄒㄧㄥˊ肅肅鴇行（　），ㄐㄧˊㄩˊㄅㄠ ㄙㄤ集于苞桑（　）。ㄨㄤˊㄕˋㄇㄧˇㄍㄨˇ王事靡盬，ㄅㄨˋㄋㄥˊㄧˋㄉㄠˋ不能藝稻

ㄌㄧㄤˊ梁（　），ㄈㄨˋㄇㄨˇㄏㄜˊㄔㄤˊ父母何嘗（　）？ㄧㄡ ㄧㄡ ㄘㄤ ㄊㄧㄢ悠悠蒼天，ㄏㄜˊㄑㄧˊㄧㄡˇㄔㄤˊ曷其有常（　）？

9.（總 122）無衣

ㄑㄧˇㄩㄝ ㄨˊㄧ ㄑㄧ豈曰無衣七（　）兮？ㄒㄧ ㄅㄨˋㄖㄨˊㄗˇㄓ ㄧ不如子之衣，ㄢ ㄑㄧㄝˇㄐㄧˊ安且吉（　）ㄒㄧ兮！

ㄑㄧˇㄩㄝ ㄨˊㄧ ㄌㄧㄡˋ豈曰無衣六（　）兮？ㄒㄧ ㄅㄨˋㄖㄨˊㄗˇㄓ ㄧ不如子之衣，ㄢ ㄑㄧㄝˇㄩˋ安且燠（　）ㄒㄧ兮！

10.（總 123）有杕之杜

ㄧㄡˇㄉㄧˋㄓ ㄉㄨˋ有杕之杜，ㄕㄥ ㄩˊㄉㄠˋㄗㄨㄛˇ生于道左（　）。ㄅㄧˇㄐㄩㄣ ㄗˇㄒㄧ彼君子兮，ㄕˋㄎㄣˇㄕˋㄨㄛˇ噬肯適我

（　）？ㄓㄨㄥ ㄒㄧㄣ ㄏㄠˇ中心好〔　〕之，ㄏㄜˊㄧㄣˇㄕˋ曷飲食〔　〕[43]ㄓ之？

ㄧㄡˇㄉㄧˋㄓ ㄉㄨˋ有杕之杜，ㄕㄥ ㄩˊㄉㄠˋㄓㄡ生于道周（　）。ㄅㄧˇㄐㄩㄣ ㄗˇㄒㄧ彼君子兮，ㄕˋㄎㄣˇㄌㄞˊㄧㄡˊ噬肯來遊

（　）？ㄓㄨㄥ ㄒㄧㄣ ㄏㄠˇ中心好〔　〕之，ㄏㄜˊㄧㄣˇㄕˋ曷飲食〔　〕之？

....

[43]「食」與「好」職、幽合韻，屬次對轉關係。兩者亦與二章之「好、食」遙韻。

11.（總124）葛生

葛生蒙楚（　　），薟蔓于野（　　）。予美亡此，誰與獨處（　　）！

葛生蒙棘（　　），薟蔓于域（　　）。予美亡此，誰與獨息（　　）！

角枕粲（　　）兮，錦衾爛（　　）兮。予美亡此，誰與獨旦（　　）！

夏之日，冬之夜（　　）。百歲之後，歸于其居<u>（　　）</u>[44]。

冬之夜，夏之日（　　）。百歲之後，歸于其室（　　）。

12.（總125）采苓

采苓采苓（　　），首陽之巔（　　）。人之為言，苟亦無信（　　）。舍旃舍旃（　　），苟亦無然（　　）。人之為言（　　），胡得焉（　　）？

采苦采苦（　　），首陽之下（　　）。人之為言，苟亦無與（　　）。舍旃舍旃（　　），苟亦無然（　　）。人之為言（　　），胡得焉（　　）？

....

[44] 「居」與「夜」魚、鐸通韻，屬陰、入正對轉關係。

采苓采苓（ ），首陽之東（ ）。人之為言，苟亦無從（ ）。舍旃舍旃（ ），苟亦無然（ ）。人之為言（ ），胡得焉（ ）？

（十一）秦風

1.（總 126）車鄰

有車鄰鄰（ ），有馬白顛（ ）。未見君子，寺人之令（ ）。

阪有漆（ ），隰有栗（ ）。既見君子，並坐鼓瑟（ ）。今者不樂，逝者其耋（ ）。

阪有桑（ ），隰有楊（ ）。既見君子，並坐鼓簧（ ）。今者不樂，逝者其亡（ ）。

2.（總 127）駟驖

駟驖孔阜（ ），六轡在手（ ）。公之媚子，從公于狩（ ）。

奉時辰牡，辰牡孔碩（ ）。公曰左之！舍拔則獲（ ）。

遊于北園（ ），四馬既閑（ ）。輶車鸞鑣（ ），載獫歇驕（ ）。

3.（總128）小戎

小戎俴收（　），五楘梁輈（　）。游環脅驅，陰靷鋈續（　）。文茵暢轂（　），駕我騏馵（　）。言念君子，溫其如玉（　）。在其板屋（　），亂我心曲（　）。

四牡孔阜（　），六轡在手（　）。騏騮是中（　），騧驪是驂＿＿＿＿[45]。龍盾之合（　），鋈以觼軜（　）。言念君子，溫其在邑（　）。方何為期（　）？胡然我念之（　）？

俴駟孔群（　），厹矛鋈錞（　）。蒙伐有苑，虎韔鏤膺（　）。交韔二弓（　），竹閉緄縢（　）。言念君子，載寢載興（　）。厭厭良人，秩秩德音＿＿＿＿[46]。

4.（總129）蒹葭

蒹葭蒼蒼（　），白露為霜（　）。所謂伊人，在水一方（　）。遡洄從〔　〕之，道阻且長（　）；遡游從〔　〕之，宛在水中央（　）。

---

[45] 「驂」與「中」侵、冬合韻，屬旁轉關係。

[46] 「音」與「膺、弓、縢、興」侵、蒸合韻，屬旁轉關係。

蒹葭淒淒（　　），白露未晞　（　　）[47]。所謂伊人，在水之湄（　　）。遡洄從〔　　〕之，道阻且躋（　　）；遡游從〔　　〕之，宛在水中坻（　　）。

蒹葭采采（　　），白露未已（　　）。所謂伊人，在水之涘（　　）。遡洄從〔　　〕之，道阻且右（　　）；遡游從〔　　〕之，宛在水中沚（　　）。

5.（總 130）終南

終南何有（　　）？有條有梅（　　）。君子至止（　　），錦衣狐裘（　　）。顏如渥丹，其君也哉（　　）！

終南何有〔　　〕？有紀有堂（　　）。君子至止〔　　〕，黻衣繡裳（　　）。佩玉將將（　　），壽考不忘（　　）。

6.（總 131）黃鳥

交交黃鳥，止于棘（　　）。誰從穆公？子車奄息（　　）。維此奄息（　　），百夫之特（　　）。臨其穴（　　），惴惴其慄（　　）。彼蒼者天（　　），殲我良人（　　）。如可贖兮，人百其身（　　）。

[47]「晞」與「淒、湄、躋、坻」微、脂合韻，屬近旁轉關係。

交交黃鳥，止于桑（　　）。誰從穆公？子車仲行
（　　）。維此仲行（　　），百夫之防（　　）。臨其穴
（　　），惴惴其慄（　　）。彼蒼者天（　　），殲我良人
（　　）。如可贖兮，人百其身（　　）。

交交黃鳥，止于楚（　　）。誰從穆公？子車鍼虎
（　　）。維此鍼虎（　　），百夫之禦（　　）。臨其穴
（　　），惴惴其慄（　　）。彼蒼者天（　　），殲我良人
（　　）。如可贖兮，人百其身（　　）。

7.（總132）晨風

鴥彼晨風（　　），鬱彼北林（　　）。未見君子，憂心欽
欽（　　）。如何如何（　　）？忘我實多（　　）！

山有苞櫟（　　），隰有六駮（　　）。未見君子，憂心靡
樂（　　）。如何如何（　　）？忘我實多（　　）！

山有苞棣（　　）[48]，隰有樹檖（　　）。未見君子，憂心
如醉（　　）。如何如何（　　）？忘我實多（　　）！

8.（總133）無衣

豈曰無衣？與子同袍（　　）。王于興師，脩我戈矛
（　　），與子同仇（　　）！

---

[48] 「棣」與「檖、醉」質、沒合韻，屬近旁轉關係。

豈曰無衣？與子同澤（　　）。王于興師，脩我矛戟
（　　），與子偕作（　　）！

　　豈曰無衣？與子同裳（　　）。王于興師，脩我甲兵
（　　），與子偕行（　　）！

9.（總134）渭陽

　　我送舅氏，曰至渭陽（　　）。何以贈之？路車乘黃
（　　）。

　　我送舅氏，悠悠我思（　　）。何以贈之？瓊瑰玉佩
（　　）。

10.（總135）權輿

　　於我乎（　　）！夏屋渠渠（　　），今也每食無餘
（　　）。于嗟乎（　　）！不承權輿（　　）。

　　於我乎〔　　〕！每食四簋（　　），今也每食不飽
（　　）。于嗟乎〔　　〕！不承權輿〔　　〕。

（十二）陳風

1.（總136）宛丘

　　子之湯（　　）兮，宛丘之上（　　）兮。洵有情兮，而無
望（　　）兮。

ㄎㄢˇ ㄑㄧˊ ㄐㄧˊ ㄍㄨˇ　ㄨㄢˇ ㄑㄧㄡ ㄓ ㄒㄧㄚˋ　ㄨˊ ㄉㄨㄥ ㄨˊ ㄒㄧㄚˋ

坎其擊鼓（　　），宛丘之下（　　）。無冬無夏（　　），

ㄓˊ ㄑㄧˊ ㄌㄨˋ ㄩˇ

值其鷺羽（　　）。

ㄎㄢˇ ㄑㄧˊ ㄐㄧˊ ㄈㄡˇ　ㄨㄢˇ ㄑㄧㄡ ㄓ ㄉㄠˋ　ㄨˊ ㄉㄨㄥ ㄨˊ ㄒㄧㄚˋ　　ㄓˊ ㄑㄧˊ ㄌㄨˋ

坎其擊缶（　　），宛丘之道（　　）。無冬無夏，值其鷺

ㄉㄠˋ

翿（　　）。

2.（總 137）東門之枌

ㄉㄨㄥ ㄇㄣˊ ㄓ ㄈㄣˊ　ㄨㄢˇ ㄑㄧㄡ ㄓ ㄒㄩˊ　ㄗˇ ㄓㄨㄥˋ ㄓ ㄗˇ　ㄆㄛˊ ㄙㄨㄛˊ ㄑㄧˊ ㄒㄧㄚˋ

東門之枌，宛丘之栩（　　）。子仲之子，婆娑其下

（　　）。

ㄍㄨˇ ㄉㄢˋ ㄩˊ ㄔㄚ　ㄋㄢˊ ㄈㄤ ㄓ ㄩㄢˊ　ㄅㄨˋ ㄐㄧ ㄑㄧˊ ㄇㄚˊ

穀旦于差（　　），南方之原＿＿＿[49]。不績其麻（　　），

ㄕˋ ㄧㄝˇ ㄆㄛˊ ㄙㄨㄛ

市也婆娑（　　）。

ㄍㄨˇ ㄉㄢˋ ㄩˊ ㄕˋ　ㄩㄝˋ ㄧˇ ㄙㄨㄥˋ ㄇㄞˋ　ㄕˋ ㄦˇ ㄖㄨˊ ㄑㄧㄠˊ

穀旦于逝（　　），越以鬷邁（　　）。視爾如荍（　　），

ㄧˊ ㄨㄛˇ ㄨㄛˋ ㄐㄧㄠ

貽我握椒（　　）。

3.（總 138）衡門

ㄏㄥˊ ㄇㄣˊ ㄓ ㄒㄧㄚˋ　ㄎㄜˇ ㄧˇ ㄑㄧ ㄔˊ　ㄅㄧˋ ㄓ ㄧㄤˊ ㄧㄤˊ　ㄎㄜˇ ㄧˇ ㄌㄜˋ ㄐㄧ

衡門之下，可以棲遲（　　）。泌之洋洋，可以樂飢

（　　）。

ㄑㄧˇ ㄑㄧˊ ㄕˊ ㄩˊ　ㄅㄧˋ ㄏㄜˊ ㄓ ㄈㄤˊ　ㄑㄧˇ ㄑㄧˊ ㄑㄩˇ ㄑㄧ　ㄅㄧˋ ㄑㄧˊ ㄓ ㄐㄧㄤ

豈其食魚，必河之魴（　　）？豈其取妻，必齊之姜

（　　）？

⋯⋯⋯⋯⋯⋯⋯⋯⋯⋯

[49]「原」與「差、麻、娑」元、歌通韻，屬陽、陰正對轉關係。

豈其食魚，必河之鯉（　）？豈其取妻，必宋之子（　）？

4.（總139）東門之池

東門之池（　），可以漚麻（　）。彼美淑姬，可與晤歌（　）。

東門之池，可以漚紵（　）。彼美淑姬，可與晤語（　）。

東門之池，可以漚菅（　）。彼美淑姬，可與晤言（　）。

5.（總140）東門之楊

東門之楊（　），其葉牂牂（　）。昏以為期，明星煌煌（　）。

東門之楊，其葉肺肺（　）。昏以為期，明星晢晢（　）。

6.（總141）墓門

墓門有棘，斧以斯（　）之。夫也不良，國人知（　）之。知而不已（　），誰昔然矣（　）。

墓門有梅，有鴞萃（　）止。夫也不良，歌以訊（　）止[50]。訊予不顧（　），顛倒思予（　）。

....

[50]「訊止」，今本作「訊之」，據《廣韻·至韻》「誶」字下引詩作「歌以誶止」改。1977年安徽阜陽雙古堆漢墓出土《詩經》竹簡（阜陽漢簡）正作「誶」。

7.（總 142）防有鵲巢

防有鵲巢（　　），邛有旨苕（　　）。誰侜予美？心焉忉忉（　　）。

中唐有甓（　　），邛有旨鷊（　　）。誰侜予美？心焉惕惕（　　）。

8.（總 143）月出

月出皎（　　）兮，佼人僚（　　）兮。舒窈糾 （　　　）⁵¹兮，勞心悄（　　）兮。

月出皓（　　）兮，佼人懰（　　）兮。舒憂受（　　）兮，勞心慅（　　）兮。

月出照（　　）兮，佼人燎（　　）兮。舒夭紹（　　）兮，勞心憯⁵²（　　）兮。

9.（總 144）株林

胡為乎株林（　　）？從夏南（　　）。匪適株林（　　），從夏南（　　）。

---

⁵¹ 「糾」與「皎、僚、悄」幽、宵合韻，屬近旁轉關係。

⁵² 「憯」，今本作「慘」。《大雅·抑》：「我心慘慘。」唐·張參《五經文字》作「憯憯」。清·馬瑞辰《毛詩傳箋通釋》卷八：「魏晉間避武帝諱，凡從朁之字，多改從參。」今依《五經文字》作「憯」。

ㄐㄧㄚˋㄨㄛˇㄕㄥˊㄇㄚˇ　　　　　ㄕㄨㄟˋㄩˊㄓㄨㄧㄝˇ　　　　　ㄔㄥˊㄨㄛˇㄕㄥˊㄐㄩ
駕我乘馬（　　），說于株野（　　）。乘我乘駒（　　），

ㄓㄠㄕˊㄩˊㄓㄨ
朝食于株（　　）。

10.（總 145）澤陂

ㄅㄧˇㄗㄜˊㄓㄆㄛˊ　　　　　ㄧㄡˇㄆㄨˊㄩˇㄏㄜˊ　　　　　ㄧㄡˇㄇㄟˇㄧㄖㄣˊ　　　ㄕㄤㄖㄨˊㄓ
彼澤之陂（　　），有蒲與荷（　　）。有美一人，傷如之

ㄏㄜˊ　　　　　　ㄨˋㄇㄟˋㄨˊㄨㄟˊ　　　　　ㄊㄧˋㄙˋㄆㄤˊㄊㄨㄛˊ
何（　　）？寤寐無為（　　），涕泗滂沱（　　）。

ㄅㄧˇㄗㄜˊㄓㄆㄛˊ　　ㄧㄡˇㄆㄨˊㄩˇㄐㄧㄢ　　　　　ㄧㄡˇㄇㄟˇㄧㄖㄣˊ　　ㄕㄨㄛˋㄉㄚˋㄑㄧㄝˇㄑㄩㄢ
彼澤之陂，有蒲與蕑（　　）。有美一人，碩大且卷

　　　　ㄨˋㄇㄟˋㄨˊㄨㄟˊ　　　　ㄓㄨㄥㄒㄧㄣㄐㄩㄢˇㄐㄩㄢˇ
（　　）。寤寐無為，中心悁悁（　　）。

ㄅㄧˇㄗㄜˊㄓㄆㄛˊ　　ㄧㄡˇㄆㄨˊㄏㄢˋㄉㄢˋ　　　　　　ㄧㄡˇㄇㄟˇㄧㄖㄣˊ　　ㄕㄨㄛˋㄉㄚˋㄑㄧㄝˇㄧㄢˇ
彼澤之陂，有蒲菡萏＿＿＿＿（　　）。有美一人，碩大且儼 [53]

　　　　ㄨˋㄇㄟˋㄨˊㄨㄟˊ　　　　ㄓㄢˇㄓㄨㄢˇㄈㄨˊㄓㄣˇ
（　　）。寤寐無為，輾轉伏枕（　　）。

（十三）檜風

1.（總 146）羔裘

ㄍㄠㄑㄧㄡˊㄒㄧㄠㄧㄠˊ　　　　　ㄏㄨˊㄑㄧㄡˊㄧˇㄔㄠˊ　　　　　ㄑㄧˇㄅㄨˋㄦˇㄙ　　ㄌㄠˊㄒㄧㄣㄉㄠ
羔裘逍遙（　　），狐裘以朝（　　）。豈不爾思？勞心忉

ㄉㄠ
忉（　　）。

ㄍㄠㄑㄧㄡˊㄒㄧㄤˊ　　　　　ㄏㄨˊㄑㄧㄡˊㄗㄞˋㄊㄤˊ　　　　　ㄑㄧˇㄅㄨˋㄦˇㄙ　　ㄨㄛˇㄒㄧㄣ
羔裘翱翔（　　），狐裘在堂（　　）。豈不爾思？我心

ㄧㄡㄕㄤ
憂傷（　　）。

---

[53]「萏」與「儼」、「枕」添、談、侵合韻，屬旁轉關係。

羔裘如膏 _____ 54，日出有曜（　　）。豈不爾思？中心是悼（　　）。

2.（總147）素冠

庶見素冠（　　）兮，棘人欒欒（　　）兮，勞心慱慱（　　）兮。

庶見素衣（　　）兮，我心傷悲（　　）兮，聊與子同歸（　　）兮。

庶見素韠（　　）兮，我心蘊結（　　）兮，聊與子如一（　　）兮。

3.（總148）隰有萇楚

隰有萇楚，猗儺其枝（　　）。夭之沃沃，樂子之無知（　　）。

隰有萇楚，猗儺其華（　　）。夭之沃沃，樂子之無家（　　）。

隰有萇楚，猗儺其實（　　）。夭之沃沃，樂子之無室（　　）。

---

54 「膏」與「曜、悼」宵、藥通韻，屬陰、入正對轉關係。

4.（總149）匪風

匪風發（ㄈㄚ）（　）兮，匪車偈（ㄐㄩㄝˊ）（　）兮。顧瞻周道，中心怛（ㄉㄚˊ）（　）兮。

匪風飄（ㄆㄧㄠ）（　）兮，匪車嘌（ㄆㄧㄠ）（　）兮。顧瞻周道，中心弔（ㄉㄧㄠˋ）（　）兮。

誰能亨魚？溉之釜鬵（ㄒㄩㄣˊ）（　）。誰將西歸？懷之好音（　）。

（十四）曹風

1.（總150）蜉蝣

蜉蝣之羽（ㄩˇ）（　），衣裳楚楚（　）。心之憂矣，於我歸處（ㄔㄨˇ）（　）。

蜉蝣之翼（ㄧˋ）（　），采采衣服（ㄈㄨˊ）（　）。心之憂矣，於我歸息（ㄒㄧˊ）（　）。

蜉蝣掘閱（ㄐㄩㄝˊ ㄩㄝˋ）（　），麻衣如雪（ㄇㄚˊ ㄧ ㄖㄨˊ ㄒㄩㄝˇ）（　）。心之憂矣，於我歸說（ㄕㄨㄟˋ）（　）。

2.（總151）候人

彼候人兮，何戈與祋（ㄏㄜˊ ㄍㄜ ㄩˇ ㄉㄨㄟˋ）（　），彼其之子，三百赤芾（ㄙㄢ ㄅㄞˇ ㄔˋ ㄈㄨˊ）（　）。

維鵜在梁，不濡其翼（　）。彼其之子，不稱其服（　）。

維鵜在梁，不濡其咮（　）。彼其之子，不遂其媾（　）。

薈兮蔚兮，南山朝隮（　）。婉兮孌兮，季女斯飢（　）。

3.（總152）鳲鳩

鳲鳩在桑，其子七（　）兮。淑人君子，其儀一（　）兮。其儀一（　）兮，心如結（　）兮。

鳲鳩在桑，其子在梅（　）。淑人君子，其帶伊絲（　）。其帶伊絲（　），其弁伊騏（　）。

鳲鳩在桑，其子在棘（　）。淑人君子，其儀不忒（　）。其儀不忒（　），正是四國（　）。

鳲鳩在桑，其子在榛（　）。淑人君子，正是國人（　）。正是國人（　），胡不萬年（　）！

4.（總153）下泉

洌彼下泉〔　〕，浸彼苞稂（　）。愾我寤歎〔　〕，念彼周京（　）。

洌彼下泉〔　〕，浸彼苞蕭（　）。愾我寤歎〔　〕，念彼京周（　）。

洌彼下泉〔　〕，浸彼苞蓍（　）。愾我寤歎〔　〕，念彼京師（　）。

芃芃黍苗（　），陰雨膏（　）之。四國有王，郇伯勞（　）之。

（十五）豳風

1.（總154）七月

七月流火（　），九月授衣（　）。一之日觱發（　），二之日栗烈（　）。無衣無褐（　），何以卒歲（　）？三之日于耜（　），四之日舉趾（　）。同我婦子（　），饁彼南畝（　），田畯至喜（　）。

七月流火（　），九月授衣（　）。春日載陽（　），有鳴倉庚（　）。女執懿筐（　），遵彼微行（　），爰求柔桑（　）。春日遲遲（　），采蘩祁祁（　）。女心傷悲（　），殆及公子同歸（　）。

七月流火（　），八月萑葦（　）。蠶月條桑（　），取彼斧斨（　），以伐遠揚（　），猗彼女桑

（　　）。七月鳴鵙（　　），八月載績（　　）。載玄載黃
（　　），我朱孔陽（　　），為公子裳（　　）。

四月秀葽（　　），五月鳴蜩（　　　）[55]。八月其穫
（　　），十月隕蘀（　　）。一之日于貉（　　），取彼狐貍
（　　），為公子裘（　　）。二之日其同（　　），載纘武功
（　　）。言私其豵（　　），獻豜于公（　　）。

五月斯螽動股（　　），六月莎雞振羽（　　）。七月在野
（　　），八月在宇（　　），九月在戶（　　），十月蟋蟀入我
牀下（　　）。穹窒熏鼠（　　），塞向墐戶（　　）。嗟我婦
子，曰為改歲，入此室處（　　）。

六月食鬱及薁（　　），七月亨葵及菽（　　）。八月剝棗
（　　），十月穫稻（　　）。為此春酒（　　），以介眉壽
（　　）。七月食瓜（　　），八月斷壺（　　），九月叔苴
（　　）。采荼薪樗（　　），食我農夫（　　）。

九月築場圃（　　），十月納禾稼（　　）。黍稷重穋
（　　），禾麻菽麥（　　　）[56]。嗟我農夫！我稼既同（　　），

[55] 「蜩」與「葽」幽、宵合韻，屬近旁轉關係。

[56] 「麥」與「穋」職、覺合韻，屬近旁轉關係。

上入執宮功（　）。晝爾于茅（　），宵爾索綯（　）。亟
其乘屋（　），其始播百穀（　）。

二之日鑿冰沖沖（　），三之日納于凌陰（＿＿＿）[57]，四
之日其蚤（　），獻羔祭韭（　）。九月肅霜（　），十
月滌場（　）。朋酒斯饗（　），曰殺羔羊（　）。躋彼公
堂（　），稱彼兕觥（　），萬壽無疆（　）！

2.（總155）鴟鴞

鴟鴞鴟鴞！既取我子（　），無毀我室（＿＿＿）[58]。恩斯
勤（　）斯，鬻子之閔（　）斯。

迨天之未陰雨（　），徹彼桑土（　），綢繆牖戶
（　）。今女下民，或敢侮予（　）。

予手拮据（　），予所捋荼（　），予所蓄租
（　），予口卒瘏（　），曰予未有室家（　）。

予羽譙譙（　），予尾翛翛（＿＿＿）[59]，予室翹翹
（　）。風雨所漂搖（　），予維音嘵嘵（　）。

....

[57] 「陰」與「沖」侵、冬合韻，屬旁轉關係。

[58] 「室」與「子」質、之合韻。質、之二部，甚少合韻，表示兩者關係疏遠。

[59] 「翛」與「譙、翹、搖、嘵」幽、宵合韻，屬近旁轉關係。

3.（總156）東山

我徂東山〔 〕，慆慆不歸〔   〕[60]。我來自東（   ），
零雨其濛（   ）。我東曰歸（   ），我心西悲（   ）。制彼
裳衣（   ），勿士行枚（   ）。蜎蜎者蠋，烝在桑野
（   ）。敦彼獨宿，亦在車下（   ）。

　　我徂東山〔   〕，慆慆不歸〔   〕。我來自東（   ），
零雨其濛（   ）。果臝之實〔   〕，亦施于宇（   ）。伊
威在室〔   〕，蠨蛸在戶（   ）。町畽鹿場（   ），熠燿宵
行（   ）。不可畏（   ）也，伊可懷（   ）也。

　　我徂東山〔   〕，慆慆不歸〔   〕。我來自東（   ），
零雨其濛（   ）。鸛鳴于垤（   ），婦歎于室（   ）。洒
掃穹窒（   ），我征聿至（   ）。有敦瓜苦，烝在栗薪
（   ）。自我不見，于今三年（   ）。

　　我徂東山〔   〕，慆慆不歸〔   〕。我來自東（   ），
零雨其濛（   ）。倉庚于飛〔   〕，熠燿其羽（   ）。之子
于歸〔   〕，皇駁其馬（   ）。親結其縭（   ），九十其
儀（   ）。其新孔嘉（   ），其舊如之何（   ）？

---

60 「歸」與「山」微、元合韻，屬次對轉關係。兩者亦與二、三、四章之「山、歸」遙韻。

4.（總157）破斧

ㄐㄧˋㄆㄛˋㄨㄛˇㄈㄨˇ　ㄧㄡˋㄑㄩㄝㄨㄛˇㄑㄧㄤ　ㄓㄡㄍㄨㄥㄉㄨㄥㄓㄥ　ㄙˋㄍㄨㄛˊㄕˋㄏㄨㄤˊ
既破我斧，又缺我斨（　　）。周公東征，四國是皇

（　　）。哀我人斯，亦孔之將（　　）。
ㄞㄨㄛˇㄖㄣˊㄙ　ㄧˋㄎㄨㄥˇㄓㄐㄧㄤ

ㄐㄧˋㄆㄛˋㄨㄛˇㄈㄨˇ　ㄧㄡˋㄑㄩㄝㄨㄛˇㄑㄧˊ　ㄓㄡㄍㄨㄥㄉㄨㄥㄓㄥ　ㄙˋㄍㄨㄛˊㄕˋㄐㄧˊ
既破我斧，又缺我錡（　　）。周公東征，四國是吪

（　　）。哀我人斯，亦孔之嘉（　　）。
ㄞㄨㄛˇㄖㄣˊㄙ　ㄧˋㄎㄨㄥˇㄓㄐㄧㄚ

ㄐㄧˋㄆㄛˋㄨㄛˇㄈㄨˇ　ㄧㄡˋㄑㄩㄝㄨㄛˇㄑㄧㄡˊ　ㄓㄡㄍㄨㄥㄉㄨㄥㄓㄥ　ㄙˋㄍㄨㄛˊㄕˋㄑㄧㄡˊ
既破我斧，又缺我銶（　　）。周公東征，四國是遒

（　　）。哀我人斯，亦孔之休（　　）。
ㄞㄨㄛˇㄖㄣˊㄙ　ㄧˋㄎㄨㄥˇㄓㄒㄧㄡ

5.（總158）伐柯

ㄈㄚˊㄎㄜㄖㄨˊㄏㄜˊ　ㄈㄟˇㄈㄨˇㄅㄨˋㄎㄜˋ　ㄑㄩˇㄑㄧㄖㄨˊㄏㄜˊ
伐柯如何〔　　〕？匪斧不克（　　）。取妻如何〔　　〕？

ㄈㄟˇㄇㄟˊㄅㄨˋㄉㄜˊ
匪媒不得（　　）。

ㄈㄚˊㄎㄜㄈㄚˊㄎㄜ　ㄑㄧˊㄗㄜˊㄅㄨˋㄩㄢˇ　ㄨㄛˇㄍㄡˋㄓㄗˇ　ㄅㄧㄢㄉㄡˋㄧㄡˇㄐㄧㄢˋ
伐柯伐柯，其則不遠（　　）。我覯之子，籩豆有踐

（　　）。

6.（總159）九罭

ㄐㄧㄡˇㄩˋㄓㄩˊ　ㄗㄨㄣˋㄈㄤˇ　ㄨㄛˇㄍㄡˋㄓㄗˇ　ㄍㄨㄣˇㄧㄒㄧㄡˋㄔㄤˊ
九罭之魚，鱒魴（　　）。我覯之子，袞衣繡裳（　　）。

ㄏㄨㄥˊㄈㄟㄗㄨㄣㄓㄨˇ　ㄍㄨㄥㄍㄨㄟㄨˊㄙㄨㄛˇ　ㄨㄖㄨˇㄒㄧㄣˋㄔㄨˇ
鴻飛遵渚（　　），公歸無所（　　），於女信處（　　）。

ㄏㄨㄥˊㄈㄟㄗㄨㄣㄌㄨˋ　ㄍㄨㄥㄍㄨㄟㄅㄨˋㄈㄨˋ　ㄨㄖㄨˇㄒㄧㄣˋㄙㄨˋ
鴻飛遵陸（　　），公歸不復（　　），於女信宿（　　）。

ㄕˋㄧˇㄧㄡˇㄍㄨㄣˇㄧ　ㄒㄧㄨˊㄧˇㄨㄛˇㄍㄨㄥㄍㄨㄟ　ㄒㄧㄨˊㄕˇㄨㄛˇㄒㄧㄣ
是以有袞衣（　　）兮，無以我公歸（　　）兮，無使我心

ㄅㄟㄒㄧ
悲（　　）兮。

7.（總 160）狼跋

ㄌㄤˊ ㄅㄚˊ ㄑㄧˊ ㄏㄨˊ　　　　　ㄗㄞˋ ㄓˋ ㄑㄧˊ ㄨㄟˇ　　　　　ㄍㄨㄥ ㄙㄨㄣ ㄕㄨㄛˋ ㄈㄨ
狼　跋　其　胡〔　　〕，載　疐　其　尾（　　）。公　孫　碩　膚〔　　〕，

ㄔˋ ㄒㄧˋ ㄐㄧˇ ㄐㄧˇ
赤　舄　几　几 ＿＿＿（　　　）[61]。

ㄌㄤˊ ㄓˋ ㄑㄧˊ ㄨㄟˇ　　　　　ㄗㄞˋ ㄅㄚˊ ㄑㄧˊ ㄏㄨˊ　　　　　ㄍㄨㄥ ㄙㄨㄣ ㄕㄨㄛˋ ㄈㄨ　　　　　ㄉㄜˊ ㄧㄣ ㄅㄨˋ
狼　疐　其　尾，載　跋　其　胡（　　）。公　孫　碩　膚（　　），德　音　不

ㄒㄧㄚˊ
瑕（　　）。

....

[61] 「几」與「尾」脂、微合韻，屬近旁轉關係。

Memo

二　小　雅

（一）鹿鳴之什

1.（總 161）鹿鳴

呦呦鹿鳴（　），食野之苹（　）。我有嘉賓，鼓瑟吹笙（　）。吹笙鼓簧（　），承筐是將（　）。人之好我，示我周行（　）。

呦呦鹿鳴，食野之蒿（　）。我有嘉賓，德音孔昭（　）。視民不恌（　），君子是則是傚（　）。我有旨酒，嘉賓式燕以敖（　）。

呦呦鹿鳴，食野之芩（　）。我有嘉賓，鼓瑟鼓琴（　）。鼓瑟鼓琴（　），和樂且湛（　）。我有旨酒，以燕樂嘉賓之心（　）。

2.（總 162）四牡

四牡騑騑（　），周道倭遲＿＿＿＿[1]。豈不懷歸（　）？王事靡盬，我心傷悲（　）。

----

[1] 「遲」與「騑、歸、悲」脂、微合韻，屬近旁轉關係。

　　四牡騑騑〔　〕，嘽嘽駱馬（　）。豈不懷歸〔　〕？王事靡盬（　），不遑啟處（　）。

　　翩翩者鵻，載飛載下（　），集于苞栩（　）。王事靡盬（　），不遑將父（　）。

　　翩翩者鵻，載飛載止（　），集于苞杞（　）。王事靡盬，不遑將母（　）。

　　駕彼四駱，載驟駸駸（　）。豈不懷歸？是用作歌，將母來諗（　）。

3.（總163）皇皇者華

　　皇皇者華〔　〕，于彼原隰（　）。駪駪征夫〔　〕，每懷靡及（　）。

　　我馬維駒（　），六轡如濡（　）。載馳載驅（　），周爰咨諏（　）。

　　我馬維騏（　），六轡如絲（　）。載馳載驅，周爰咨謀（　）。

　　我馬維駱（　），六轡沃若（　）。載馳載驅，周爰咨度（　）。

　　我馬維駰（　），六轡既均（　）。載馳載驅，周爰咨詢（　）。

76

4.（總 164）常棣

常棣之華，鄂不韡韡（　　）。凡今之人，莫如兄弟（　　）[2]。

死喪之威（　　），兄弟孔懷（　　）。原隰裒（　　）矣，兄弟求（　　）矣。

脊令在原（　　），兄弟急難（　　）。每有良朋，況也永歎（　　）。

兄弟鬩于牆，外禦其務（　　）。每有良朋，烝也無戎（　　）[3]。

喪亂既平（　　），既安且寧（　　）。雖有兄弟，不如友生（　　）。

儐爾籩豆（　　），飲酒之飫（　　）。兄弟既具（　　），和樂且孺（　　）。

妻子好合〔　　〕，如鼓瑟琴（　　）。兄弟既翕〔　　〕，和樂且湛（　　）。

....

2　「弟」與「韡」脂、微合韻，屬近旁轉關係。

3　「戎」與「務」冬、侯合韻，屬陽、陰次對轉關係。

宜爾室家（　），樂爾妻帑（　）。是究是圖（　），亶其然乎（　）？

5.（總165）伐木

伐木丁丁（　），鳥鳴嚶嚶（　）。出自幽谷（　），遷于喬木（　）。嚶其鳴（　）矣，求其友聲（　）。

相彼鳥矣，猶求友聲（　）；矧伊人矣，不求友生（　）。神之聽（　）之，終和且平（　）。

伐木許許（　），釃酒有藇（　）。既有肥羜（　），以速諸父（　）。寧適不來，微我弗顧（　）。

於粲洒埽（　），陳饋八簋（　）。既有肥牡（　），以速諸舅（　）。寧適不來，微我有咎（　）。

伐木于阪（　），釃酒有衍（　）。籩豆有踐（　），兄弟無遠（　）。民之失德，乾餱以愆（　）。

有酒湑（　）我，無酒酤（　）我。坎坎鼓（　）我，蹲蹲舞（　）我。迨我暇（　）矣，飲此湑（　）矣。

6.（總166）天保

天保定爾，亦孔之固（　）。俾爾單厚，何福不除（　）？俾爾多益，以莫不庶＿＿＿（　）[4]。

---

[4] 「庶」與「固、除」鐸、魚通轉，屬入、陰正對轉關係。

天保定爾，俾爾戩穀（　）。罄無不宜，受天百祿（　）。降爾遐福，維日不足（　）。

天保定爾，以莫不興（　）。如山如阜，如岡如陵（　），如川之方至，以莫不增（　）。

吉蠲為饎，是用孝享（　）。禴祠烝嘗（　），于公先王（　）。君曰卜爾，萬壽無疆（　）。

神之弔矣，詒爾多福（　）。民之質矣，日用飲食（　）。群黎百姓，徧為爾德（　）。

如月之恆（　），如日之升（　），如南山之壽〔　〕，不騫不崩（　）。如松柏之茂〔　〕，無不爾或承（　）。

7.（總167）采薇

采薇采薇〔　〕，薇亦作（　）止。曰歸曰歸〔　〕，歲亦莫（　）止。靡室靡家（　），玁狁之故（　）。不遑啟居（　），玁狁之故（　）。

采薇采薇〔　〕，薇亦柔（　）止。曰歸曰歸〔　〕，心亦憂（　）止。憂心烈烈（　），載飢載渴（　）。我戍未定（　），靡使歸聘（　）。

采薇采薇〔　〕，薇亦剛（　）止。曰歸曰歸〔　〕，歲亦陽（　）止。王事靡盬（　），不遑啟處（　）。憂心孔疚（　），我行不來（　）。

彼爾維何〔 〕？維常之華（ ）。彼路斯何〔 〕？君子之車（ ）。戎車既駕，四牡業業（ ）。豈敢定居？一月三捷（ ）[5]。

駕彼四牡，四牡騤騤（ ）[6]。君子所依（ ），小人所腓（ ）。四牡翼翼（ ），象弭魚服（ ）。豈不日戒（ ）？玁狁孔棘（ ）。

昔我往矣，楊柳依依（ ）。今我來思，雨雪霏霏（ ）。行道遲遲（ ），載渴載飢（ ）。我心傷悲（ ），莫知我哀（ ）。

8.（總168）出車

我出我車〔 〕，于彼牧（ ）矣。自天子所〔 〕，謂我來（ ）[7]矣。召彼僕夫〔 〕，謂之載（ ）矣。王事多難，維其棘（ ）[8]矣。

....

5 「捷」與「業」怗、盍合韻，屬旁轉關係。

6 「騤」與「依、腓」脂、微合韻，屬近旁轉關係。

7 「來」與「牧」之、職通韻，屬陰、入正對轉關係。

8 「棘」與「載」職、之通韻，屬入、陰正對轉關係。

我出我車，于彼郊（　）矣。設此旐（　）矣，建彼旄（　）矣。彼旟旐斯，胡不旆旆（　）？憂心悄悄，僕夫況瘁（　　　）[9]。

王命南仲，往城于方（　）。出車彭彭（　），旂旐央央（　）。天子命我，城彼朔方（　）。赫赫南仲，玁狁于襄（　）。

昔我往矣，黍稷方華（　）；今我來思，雨雪載塗（　）。王事多難，不遑啟居（　）。豈不懷歸？畏此簡書（　）。

喓喓草蟲（　），趯趯阜螽（　）。未見君子〔　〕，憂心忡忡（　）。既見君子〔　〕，我心則降（　）。赫赫南仲（　），薄伐西戎（　）。

春日遲遲（　），卉木萋萋（　）。倉庚喈喈（　），采蘩祁祁（　）。執訊獲醜，薄言還歸（　　　）[10]。赫赫南仲，玁狁于夷（　）。

....

9 「瘁」與「旆」沒、月合韻，屬近旁轉關係。

10 「歸」與「遲、萋、喈、祁、夷」微、脂合韻，屬近旁轉關係。

9.（總169）杕杜

有杕之杜〔　〕，有睆其實（　）。王事靡盬〔　〕，繼嗣我日（　）。日月陽（　）止，女心傷（　）止，征夫遑（　）止。

有杕之杜〔　〕，其葉萋萋（　）。王事靡盬〔　〕，我心傷悲____[11]。卉木萋____[12]止，女心悲（　）止，征夫歸（　）止。

陟彼北山，言采其杞（　）。王事靡盬，憂我父母（　）。檀車幝幝（　），四牡痯痯（　），征夫不遠（　）。

匪載匪來（　），憂心孔疚（　）。期逝不至（　），而多為恤（　）。卜筮偕（　）止，會言近止，征夫邇（　）止。

10.（總170）魚麗

魚麗于罶〔　〕，鱨鯊（　）。君子有酒〔　〕，旨且多（　）。

....

[11]「悲」與「萋」微、脂合韻，屬近旁轉關係。

[12]「萋」與「悲、歸」脂、微合韻，屬近旁轉關係。

魚麗于罶〔　〕，魴鱧（　）。君子有酒〔　〕，多且旨（　）。

魚麗于罶〔　〕，鰋鯉（　）。君子有酒〔　〕，旨且有（　）。

物其多（　）矣，維其嘉（　）矣。
物其旨（　）矣，維其偕（　）矣。
物其有（　）矣，維其時（　）矣。

南陔、白華、華黍

（二）南有嘉魚之什

1.（總171）南有嘉魚

南有嘉魚，烝然罩罩（　）。君子有酒，嘉賓式燕以樂（　）。

南有嘉魚，烝然汕汕（　）。君子有酒，嘉賓式燕以衎（　）。

南有樛木，甘瓠纍（　）之。君子有酒，嘉賓式燕綏（　）之。

翩翩者鵻，烝然來（　）思。君子有酒，嘉賓式燕又（　）思。

2.（總 172）南山有臺

南山有臺（　　），北山有萊（　　）。樂只君子，邦家之基（　　）。樂只君子，萬壽無期（　　）。

南山有桑（　　），北山有楊（　　）。樂只君子，邦家之光（　　）。樂只君子，萬壽無疆（　　）。

南山有杞（　　），北山有李（　　）。樂只君子，民之父母（　　）。樂只君子，德音不已（　　）。

南山有栲（　　），北山有杻（　　）。樂只君子，遐不眉壽（　　）？樂只君子，德音是茂（　　）。

南山有枸（　　），北山有楰（　　）。樂只君子，遐不黃耇（　　）？樂只君子，保艾爾後（　　）。

由庚、崇丘、由儀

3.（總 173）蓼蕭

蓼彼蕭斯，零露湑（　　）兮。既見君子，我心寫（　　）兮。燕笑語（　　）兮，是以有譽處（　　）兮。

蓼彼蕭斯，零露瀼瀼（　　）。既見君子，為龍為光（　　）。其德不爽（　　），壽考不忘（　　）。

蓼彼蕭斯，零露泥泥（　　）。既見君子，孔燕豈弟（　　）。宜兄宜弟（　　），令德壽豈＿＿＿[13]。

蓼彼蕭斯，零露濃濃（　　）。既見君子，鞗革忡忡（　　）。和鸞雝雝（　　），萬福攸同（　　）。

4.（總174）湛露

湛湛露斯，匪陽不晞（　　）。厭厭夜飲，不醉無歸（　　）。

湛湛露斯，在彼豐草（　　）。厭厭夜飲，在宗載考（　　）。

湛湛露斯，在彼杞棘（　　）。顯允君子，莫不令德（　　）。

其桐其椅（　　），其實離離（　　）。豈弟君子，莫不令儀（　　）。

5.（總175）彤弓

彤弓弨兮，受言藏（　　）之。我有嘉賓，中心貺（　　）之。鐘鼓既設，一朝饗（　　）之。

....

[13]「豈」與「泥、弟、弟」微、脂合韻，屬近旁轉關係。

彤弓弨兮，受言載（　）之。我有嘉賓，中心喜（　）之。鐘鼓既設，一朝右（　）之。

彤弓弨兮，受言櫜（　）之。我有嘉賓，中心好（　）之。鐘鼓既設，一朝醻（　）之。

6.（總176）菁菁者莪

菁菁者莪（　），在彼中阿（　）。既見君子，樂且有儀（　）。

菁菁者莪，在彼中沚（　）。既見君子，我心則喜（　）。

菁菁者莪，在彼中陵（　）。既見君子，錫我百朋（　）。

汎汎楊舟（　），載沈載浮（　）。既見君子，我心則休（　）。

7.（總177）六月

六月棲棲〔　〕，戎車既飭（　）。四牡騤騤〔　〕，載是常服（　）。玁狁孔熾（　），我是用急（　）14。王于出征，以匡王國（　）。

---

14 「急」與「熾、國」緝、職合韻，屬旁轉關係。

比物四驪，閑之維則（　）。維此六月，既成我服（　）。我服既成〔　〕，于三十里（　）。王于出征〔　〕，以佐天子（　）。

四牡脩廣，其大有顒（　）。薄伐玁狁，以奏膚公（　）。有嚴有翼（　），共武之服（　）。共武之服（　），以定王國（　）。

玁狁匪茹（　），整居焦穫（＿＿＿）15。侵鎬及方（　），至于涇陽（　）。織文鳥章（　），白斾央央（　）。元戎十乘，以先啟行（　）。

戎車既安（　），如輊如軒（　）。四牡既佶，既佶且閑（　）。薄伐玁狁，至于大原（　）。文武吉甫，萬邦為憲（　）。

吉甫燕喜（　），既多受祉（　）。來歸自鎬，我行永久（　）。飲御諸友（　），炰鱉膾鯉（　）。侯誰在矣（　）？張仲孝友（　）。

15 「穫」與「茹」鐸、魚通韻，屬入、陰正對轉關係。

8.（總178）采芑

薄言采芑（　），于彼新田〔　〕，于此菑畝（　）。方叔涖止（　），其車三千〔　〕，師干之試（　　　）16。方叔率止（　），乘其四騏（　），四騏翼翼（　）。路車有奭（　），簟茀魚服（　），鉤膺鞗革（　）。

薄言采芑，于彼新田〔　〕，于此中鄉（　）。方叔涖止，其車三千〔　〕，旂旐央央（　）。方叔率止，約軝錯衡（　），八鸞瑲瑲（　）。服其命服，朱芾斯皇（　），有瑲葱珩（　）。

鴥彼飛隼，其飛戾天〔　〕，亦集爰止（　）。方叔涖止（　），其車三千〔　〕，師干之試（　　）17。方叔率止，鉦人伐鼓（　），陳師鞠旅（　）。顯允方叔，伐鼓淵淵（　），振旅闐闐（　）。

蠢爾蠻荊，大邦為讎（　）。方叔元老（　），克壯其猶（　）。方叔率止，執訊獲醜（　）。戎車嘽嘽，嘽嘽焞焞〔　〕，如霆如雷（　）。顯允方叔，征伐玁狁〔　〕，蠻荊來威（　）。

----

16 「試」與「芑、畝、止」職、之通韻，屬入、陰正對轉關係。

17 「試」與「止、止」職、之通韻，屬入、陰正對轉關係。

9.（總179）車攻

　　我車既攻（　　），我馬既同（　　）。四牡龐龐（　　），駕言徂東（　　）。

　　田車既好（　　），四牡孔阜（　　）。東有甫草（　　），駕言行狩（　　）。

　　之子于苗（　　），選徒囂囂（　　）。建旐設旄（　　），搏獸于敖（　　）。

　　駕彼四牡，四牡奕奕（　　）。赤芾金舄（　　），會同有繹（　　）。

　　決拾既佽（　　），弓矢既調[18]（　　）。射夫既同（　　），助我舉柴（　　　）[19]。

　　四黃既駕（　　），兩驂不猗（　　）。不失其馳（　　），舍矢如破（　　）。

　　蕭蕭馬鳴（　　），悠悠旆旌（　　）。徒御不驚（　　），大庖不盈（　　）。

....

[18] 「調」，段玉裁《六書音韻表‧四》第九部「古合韵」下注：「本音在弟三部，讀如『稠』。《車攻》以韵『同』字，屈原〈離騷〉以韵『同』字，東方朔〈七諫〉以韵『同』字，皆讀如『重』，此古合韵也。」王力《詩經韻讀》認為讀如「同」。

[19] 「柴」，原作「柴」，據《說文‧手部》卷十二引《詩》「助我舉柴」改。「柴」與「佽」支、脂合韵，屬近旁轉關係。

之子于征（　），有聞無聲（　）。允矣君子，展也大成（　）。

10.（總180）吉日

吉日維戊（　），既伯既禱（　）。田車既好（　），四牡孔阜（　）。升彼大阜（　），從其群醜（　）。

吉日庚午（　），既差我馬（　）。獸之所同〔　〕，麀鹿麌麌（　）。漆沮之從〔　〕，天子之所（　）。

瞻彼中原，其祁孔有（　）。儦儦俟俟（　），或群或友（　）。悉率左右（　），以燕天子（　）。

既張我弓，既挾我矢（　）。發彼小豝，殪此大兕（　）。以御賓客，且以酌醴（　）。

（三）鴻雁之什

1.（總181）鴻鴈

鴻鴈于飛，肅肅其羽（　）。之子于征，劬勞于野（　）。爰及矜人，哀此鰥寡（　）。

鴻鴈于飛，集于中澤（　）。之子于垣，百堵皆作（　）。雖則劬勞，其究安宅（　）。

鴻鴈于飛，哀鳴嗷嗷（　）。維此哲人，謂我劬勞（　）。維彼愚人，謂我宣驕（　）。

2.（總182）庭燎

夜如何其？夜未央（　　）！庭燎之光（　　），君子至止，鸞聲將將（　　）。

夜如何其？夜未艾（　　）！庭燎晣晣（　　），君子至止，鸞聲噦噦（　　）。

夜如何其？夜鄉晨（　　）！庭燎有煇（　　），君子至止，言觀其旂（　　）。

3.（總183）沔水

沔彼流水，朝宗于海（　　）。鴥彼飛隼，載飛載止（　　）。嗟我兄弟，邦人諸友（　　），莫肯念亂，誰無父母（　　）？

沔彼流水，其流湯湯（　　）。鴥彼飛隼，載飛載揚（　　）。念彼不蹟，載起載行（　　），心之憂矣，不可弭忘（　　）。

鴥彼飛隼，率彼中陵（　　）。民之訛言，寧莫之懲（　　）？我友敬矣，讒言其興（　　）。

4.（總184）鶴鳴

鶴鳴于九皋，聲聞于野（　　）。魚潛在淵，或在于渚（　　）。樂彼之園（　　），爰有樹檀（　　）。其下維蘀（　　）。它山之石（　　），可以為錯（　　）。

鶴鳴于九皋，聲聞于天（　）。魚在于渚，或潛在淵（　）。樂彼之園（　），爰有樹檀（　）。其下維穀（　）。它山之石，可以攻玉（　）。

5.（總185）祈父

祈父〔　〕！予王之爪牙（　）。胡轉予于恤？靡所止居（　）。

祈父〔　〕！予王之爪士（　）。胡轉予于恤？靡所底止（　）。

祈父〔　〕！亶不聰（　）。胡轉予于恤？有母之尸饔（　）。

6.（總186）白駒

皎皎白駒，食我場苗（　）。縶之維之，以永今朝（　）。所謂伊人，於焉逍遙（　）。

皎皎白駒，食我場藿（　）。縶之維之，以永今夕（　）。所謂伊人，於焉嘉客（　）。

皎皎白駒，賁然來思（　）。爾公爾侯，逸豫無期（　）。慎爾優游，勉爾遁思（　）。

皎皎白駒，在彼空谷（　）。生芻一束（　），其人如玉（　）。毋金玉爾音（　），而有遐心（　）。

7.（總187）黃鳥

黃鳥黃鳥，無集于穀（ ），無啄我粟（ ）。此邦之人，不我肯穀（ ）。言旋言歸，復我邦族（ ）。

黃鳥黃鳥，無集于桑（ ），無啄我粱（ ）。此邦之人，不可與明（ ）。言旋言歸，復我諸兄（ ）。

黃鳥黃鳥，無集于栩（ ），無啄我黍（ ）。此邦之人，不可與處（ ）。言旋言歸，復我諸父（ ）。

8.（總188）我行其野

我行其野〔 〕，蔽芾其樗（ ）。昏姻之故〔 〕，言就爾居（ ）。爾不我畜，復我邦家（ ）。

我行其野〔 〕，言采其蓫（ ）。昏姻之故〔 〕，言就爾宿（ ）。爾不我畜（ ），言歸斯復（ ）。

我行其野，言采其葍（ ）。不思舊姻，求爾新特（ ）。成不以富（ ），亦祇以異（ ）。

9.（總189）斯干

秩秩斯干（ ），幽幽南山（ ）。如竹苞（ ）矣，如松茂（ ）矣。兄及弟矣，式相好（ ）矣，無相猶（ ）矣。

ㄙˋㄒㄩˋㄋㄧˇㄗㄨˇ　　　　　ㄓㄨˊㄕˋㄅㄞˇㄉㄨˇ　　　　　ㄒㄧ　ㄋㄢˊㄑㄧˊㄏㄨˋ
似續妣祖（　　），築室百堵（　　），西南其戶（　　）。
ㄩㄢˊㄐㄩ　ㄩㄢˊㄔㄨˇ　　　ㄩㄢˊㄒㄧㄠˋㄩㄢˊㄩˇ
爰居爰處（　　），爰笑爰語（　　）。

　　ㄩㄝ　ㄓ　ㄍㄜˊㄍㄜˊ　　　　ㄓㄨㄛˊㄓ　ㄊㄨㄛˊㄊㄨㄛˊ　　　　ㄈㄥ　ㄩˇ　ㄧㄡ　ㄔㄨˊ
約之閣閣（　　），椓之橐橐（　　）。風雨攸除
（　　），鳥鼠攸去（　　），君子攸芋（　　）。
ㄋㄧㄠˇㄕㄨˇㄧㄡ　ㄑㄩˋ　　　ㄐㄩㄣ　ㄗˇ　ㄧㄡ　ㄒㄩ

　　ㄖㄨˊㄑㄧˋㄙ　ㄧˋ　　　　　ㄖㄨˊㄕˇ　ㄙ　ㄐㄧˊ　　　　ㄖㄨˊㄋㄧㄠˇㄙ　ㄍㄜˊ
如跂斯翼（　　），如矢斯棘（　　），如鳥斯革（　　），
ㄖㄨˊㄏㄨㄟ　ㄙ　ㄈㄟ　　　ㄐㄩㄣ　ㄗˇ　ㄧㄡ　ㄐㄧ
如翬斯飛（　　），君子攸躋（　　　）[20]。

　　ㄓˊㄓˊㄑㄧˊㄊㄧㄥˊ　　　　ㄧㄡˇㄐㄩㄝˊㄑㄧˊㄧㄥˊ　　　ㄎㄨㄞˋㄎㄨㄞˋㄑㄧˊㄓㄥˋ
殖殖其庭（　　），有覺其楹（　　）。噲噲其正
（　　），噦噦其冥（　　），君子攸寧（　　）。
ㄏㄨㄟˋㄏㄨㄟˋㄑㄧˊㄇㄧㄥˊ　　ㄐㄩㄣ　ㄗˇ　ㄧㄡ　ㄋㄧㄥˊ

　　ㄒㄧㄚˋㄍㄨㄢˇㄕㄤˋㄉㄧㄢˋ　　　ㄋㄞˇㄢ　ㄙ　ㄑㄧㄣˇ　　　　ㄋㄞˇㄑㄧㄣˇㄋㄞˇㄒㄧㄥ
下莞上簟（　　），乃安斯寢（　　）。乃寢乃興
（　　），乃占我夢（　　）。吉夢維何（　　）？維熊維羆
ㄋㄞˇㄓㄢ　ㄨㄛˇㄇㄥˋ　　　ㄐㄧˊㄇㄥˋㄨㄟˊㄏㄜˊ　　　　ㄨㄟˊㄒㄩㄥˊㄨㄟˊㄆㄧˊ
（　　），維虺維蛇（　　）。
ㄨㄟˊㄏㄨㄟˇㄨㄟˊㄕㄜˊ

　　ㄉㄚˋㄖㄣˊㄓㄢ　ㄓ　　　ㄨㄟˊㄒㄩㄥˊㄨㄟˊㄆㄧˊ　　　ㄋㄢˊㄗˇ　ㄓ　ㄒㄧㄤˊ　　　　ㄨㄟˊㄏㄨㄟˇ
大人占之：維熊維羆〔　　〕，男子之祥（　　）；維虺
維蛇〔　　〕，女子之祥（　　）。
ㄨㄟˊㄕㄜˊ　　　ㄋㄩˇ　ㄗˇ　ㄓ　ㄒㄧㄤˊ

　　ㄋㄞˇㄕㄥ　ㄋㄢˊㄗˇ　　　ㄗㄞˋㄑㄧㄣˇㄓ　ㄔㄨㄤˊ　　　　ㄗㄞˋ　ㄧ　ㄓ　ㄕㄤ　　　　ㄗㄞˋㄋㄨㄥˋ
乃生男子，載寢之牀（　　），載衣之裳（　　），載弄
之璋（　　）。其泣喤喤（　　），朱芾斯皇（　　），室家君
ㄓ　ㄓㄤ　　　ㄑㄧˊㄑㄧˋㄏㄨㄤˊㄏㄨㄤˊ　　　ㄓㄨ　ㄈㄨˊ　ㄙ　ㄏㄨㄤˊ　　　ㄕˋㄐㄧㄚ　ㄐㄩㄣ
王（　　）。
ㄨㄤˊ

....

20 「躋」與「飛」脂、微合韻，屬近旁轉關係。

乃生女子，載寢之地（ 　），載衣之裼＿＿＿＿²¹，載弄之瓦（ 　）。無非無儀（ 　），唯酒食是議（ 　），無父母詒罹（ 　）。

10.（總190）無羊

誰謂爾無羊？三百維群（ 　）。誰謂爾無牛？九十其犉（ 　）。爾羊來思〔 　〕，其角濈濈（ 　）；爾牛來思〔 　〕，其耳濕濕（ 　）。

或降于阿（ 　），或飲于池（ 　），或寢或訛（ 　）。爾牧來思，何蓑何笠，或負其餱（ 　）。三十維物，爾牲則具（ 　）。

爾牧來思〔 　〕，以薪以蒸（ 　），以雌以雄（ 　）。爾羊來思〔 　〕，矜矜兢兢（ 　），不騫不崩（ 　）。麾之以肱（ 　），畢來既升（ 　）。

牧人乃夢：眾維魚（ 　）矣；旐維旟（ 　）矣。大人占之：眾維魚〔 　〕矣，實維豐年（ 　）；旐維旟〔 　〕矣，室家溱溱（ 　）。

---

21 「裼」與「地、瓦、儀、議、罹」錫、歌合韻，屬入、陰次對轉關係。

（四）節南山之什

1.（總 191）節南山

節彼南山，維石巖巖（　　）。赫赫師尹，民具爾瞻（　　）。憂心如惔（　　），不敢戲談（　　）。國既卒斬（　　），何用不監（　　）？

節彼南山，有實其猗（　　）。赫赫師尹，不平謂何（　　）？天方薦瘥（　　），喪亂弘多（　　）。民言無嘉（　　），憯莫懲嗟（　　）。

尹氏大師（　　），維周之氐（　　）。秉國之均，四方是維（＿＿＿）[22]。天子是毗（　　），俾民不迷（　　）。不弔昊天，不宜空我師（　　）。

弗躬弗親（　　），庶民弗信（　　）；弗問弗仕（　　），勿罔君子（　　）。式夷式已（　　），無小人殆（　　）。瑣瑣姻亞，則無膴仕（　　）。

昊天不傭（　　），降此鞠訩（　　）。昊天不惠（　　），降此大戾（　　）。君子如屆（　　），俾民心闋（　　）。君子如夷（　　），惡怒是違（＿＿＿）[23]。

....

[22] 「維」與「師、氏、毗、迷、師」微、脂合韻，屬近旁轉關係。

[23] 「違」與「夷」微、脂合韻，屬近旁轉關係。

　　不弔昊天，亂靡有定（　）。式月斯生（　），俾民不寧（　）。憂心如醒（　），誰秉國成（　）？不自為政（　），卒勞百姓（　）。

　　駕彼四牡，四牡項領（　）。我瞻四方，蹙蹙靡所騁（　）。

　　方茂爾惡〔　〕，相爾矛（　）矣。既夷既懌〔　〕，如相醻（　）矣。

　　昊天不平（　），我王不寧（　）。不懲其心，覆怨其正（　）。

　　家父作誦（　），以究王訩（　）。式訛爾心，以畜萬邦（　）。

2.（總192）正月

　　正月繁霜（　），我心憂傷（　）。民之訛言，亦孔之將（　）。念我獨兮，憂心京京（　）。哀我小心，癙憂以痒（　）。

　　父母生我，胡俾我瘉（　）？不自我先，不自我後（　）。好言自口（　），莠言自口（　）。憂心愈愈（　），是以有侮（　）。

憂心惸惸，念我無祿（　）。民之無辜，并其臣僕（　）。哀我人斯，于何從祿（　）？瞻烏爰止，于誰之屋（　）？

瞻彼中林，侯薪侯蒸（　）。民今方殆，視天夢夢（　）。既克有定，靡人弗勝（　）。有皇上帝，伊誰云憎（　）？

謂山蓋卑，為岡為陵（　）。民之訛言，寧莫之懲（　）？召彼故老，訊之占夢（　）。具曰予聖，誰知烏之雌雄（　）？

謂天蓋高，不敢不局＿＿＿＿＿（　）²⁴；謂地蓋厚，不敢不蹐（　）。維號斯言，有倫有脊（　）。哀今之人，胡為虺蜴（　）？

瞻彼阪田，有菀其特（　）。天之扤我，如不我克（　）。彼求我則（　），如不我得（　）。執我仇仇，亦不我力（　）。

---

24 「局」與「蹐、脊、蜴」屋、錫合韻。屋、錫二部，甚少合韻，表示兩者關係疏遠。

心之憂矣，如或結（　　）[25]之。今茲之正，胡然屬（　）矣？燎之方揚，寧或滅（　）之？赫赫宗周，褒姒威（　）之。

終其永懷，又窘陰雨（　）。其車既載〔　〕，乃棄爾輔（　）。載輸爾載〔　〕，將伯助予（　）！

無棄爾輔，員于爾輻（　）。屢顧爾僕，不輸爾載（　）[26]。終踰絕險，曾是不意（　）。

魚在于沼〔　〕，亦匪克樂（　）。潛雖伏矣，亦孔之炤〔　〕。憂心慘慘，念國之為虐（　）。

彼有旨酒（　），又有嘉殽（　　）[27]。洽比其鄰（　　）[28]，昏姻孔云（　）。念我獨兮，憂心慇慇（　）。

佌佌彼有屋（　），蔌蔌方有穀（　）。民今之無祿（　），天夭是椓（　）。哿矣富人，哀此惸獨（　）！

....

[25] 「結」與「屬、滅、威」質、月合韻，屬次旁轉關係。

[26] 「載」與「輻、意」之、職通韻，屬陰、入正對轉關係。

[27] 「殽」與「酒」宵、幽合韻，屬近旁轉關係。

[28] 「鄰」與「云、慇」真、諄合韻，屬近旁轉關係。

新編
毛/詩/韻/讀

3.（總 193）十月之交

　　十月之交，朔日辛卯（　　）。日有食之，亦孔之醜（　　）。彼月而微（　　），此日而微（　　）。今此下民，亦孔之哀（　　）。

　　日月告凶，不用其行（　　）。四國無政，不用其良（　　）。彼月而食〔　　〕，則維其常（　　）。此日而食〔　　〕，于何不臧（　　）。

　　爗爗震電（　　），不寧不令（　　）。百川沸騰（　　），山冢崒崩（　　）。高岸為谷，深谷為陵（　　）。哀今之人，胡憯莫懲（　　）。

　　皇父卿士〔　　〕，番維司徒（　　）。家伯維宰〔　　〕，仲允膳夫（　　）。棸子內史〔　　〕，蹶維趣馬（　　）。楀維師氏，豔妻煽方處（　　）。

　　抑此皇父〔　　〕，豈曰不時（　　）？胡為我作〔　　　〕[29]，不即我謀（　　）？徹我牆屋，田卒汙萊（　　）。曰予不戕，禮則然矣（　　）。

....

[29]「作」與「父」鐸、魚通韻，屬入、陰正對轉關係。

皇父孔聖，作都于向（　　）。擇三有事，亶侯多藏（　　）。不憖遺一老，俾守我王（　　）。擇有車馬，以居徂向（　　）。

黽勉從事，不敢告勞（　　）。無罪無辜，讒口嚻嚻（　　）。下民之孽，匪降自天（　　）。噂沓背憎，職競由人（　　）。

悠悠我里（　　），亦孔之痗（　　）。四方有羨，我獨居憂（　　）。民莫不逸，我獨不敢休（　　）。天命不徹（　　），我不敢傚我友自逸＿＿＿（　　）[30]。

4.（總194）雨無正

浩浩昊天，不駿其德（　　）。降喪饑饉，斬伐四國（　　）。旻天疾威，弗慮弗圖（　　）。舍彼有罪〔　　〕，既伏其辜（　　）。若此無罪〔　　〕，淪胥以鋪（　　）。

周宗既滅（　　），靡所止戾＿＿＿（　　）[31]。正大夫離居，莫知我勩（　　）。三事大夫，莫肯夙夜（　　）。邦君諸侯，莫肯朝夕（　　）。庶曰式臧，覆出為惡（　　）。

....

[30]「逸」與「徹」質、月合韻，屬次旁轉關係。

[31]「戾」與「滅、勩」質、月合韻，屬次旁轉關係。

如何昊天（　）？辟言不信（　）。如彼行邁，則靡所臻（　）。凡百君子，各敬爾身（　）。胡不相畏，不畏于天（　）？

戎成不退（　），飢成不遂（　）。曾我暬御，憯憯日瘁（　）。凡百君子，莫肯用訊³²（　）。聽言則荅，譖言則退（　）。

哀哉不能言，匪舌是出（　），維躬是瘁（　）。哿矣能言，巧言如流（　），俾躬處休（　）。

維曰于仕（　），孔棘且殆（　）。云不可使（　），得罪于天子（　）；亦云可使（　），怨及朋友（　）。

謂爾遷于王都（　），曰予未有室家（　）。鼠思泣血（　），無言不疾（　）。昔爾出居，誰從作爾室（　）？

5.（總195）小旻

旻天疾威，敷于下土（　）。謀猶回遹，何日斯沮（　）？謀臧不從（　），不臧覆用（　）。我視謀猶，亦孔之邛（　）。

---

³² 「訙」，今本作「訊」。唐・陸德明《經典釋文》：「訊，字又作訙。」據《經典釋文》改。

潝潝訿訿，亦孔之哀（　　）。謀之其臧，則具是違（　　）；謀之不臧，則具是依（　　）。我視謀猶，伊于胡厎（　　）[33]？

我龜既厭，不我告猶（　　）。謀夫孔多，是用不就[34]（　　）。發言盈庭，誰敢執其咎（　　）？如匪行邁謀，是用不得于道（　　）。

哀哉為猶，匪先民是程（　　），匪大猶是經（　　）；維邇言是聽（　　），維邇言是爭（　　）。如彼築室于道謀，是用不潰于成（　　）。

國雖靡止（　　），或聖或否（　　）。民雖靡膴，或哲或謀（　　），或肅或艾（　　）。如彼泉流，無淪胥以敗（　　）。

不敢暴虎，不敢馮河（　　）。人知其一，莫知其他（　　）。戰戰兢兢（　　），如臨深淵，如履薄冰（　　）。

6.（總196）小宛

宛彼鳴鳩，翰飛戾天（　　）。我心憂傷，念昔先人（　　）。明發不寐，有懷二人（　　）。

....

[33] 「厎」與「哀、違、依」脂、微合韻，屬近旁轉關係。

[34] 「就」，今本作「集」，據《群經治要》卷八《韓詩外傳》改。

人之齊聖，飲酒溫克（　）。彼昏不知，壹醉日富（　）。各敬爾儀，天命不又_____[35]。

中原有菽，庶民采（　）之。螟蛉有子〔　〕，蜾蠃負（　）之。教誨爾子〔　〕，式穀似（　）之。

題彼脊令，載飛載鳴（　）。我日斯邁，而月斯征（　）。夙興夜寐，無忝爾所生（　）。

交交桑扈〔　〕，率場啄粟（　）。哀我填寡〔　〕，宜岸宜獄（　）。握粟出卜（　），自何能穀（　）？

溫溫恭人，如集于木（　）；惴惴小心，如臨于谷（　）；戰戰兢兢（　），如履薄冰（　）。

7.（總197）小弁

弁彼鸒斯（　），歸飛提提（　）。民莫不穀，我獨于罹（　）。何辜于天，我罪伊何（　）？心之憂矣，云如之何（　）？

踧踧周道（　），鞫為茂草（　）。我心憂傷，惄焉如擣（　）。假寐永歎，維憂用老（　）。心之憂矣，疢如疾首（　）。

....

35 「又」與「克、富」之、職通韻，屬陰、入正對轉關係。

維桑與梓（　　），必恭敬止（　　）。靡瞻匪父，靡依匪母（　　）。不屬于毛，不罹于裡（　　）。天之生我，我辰安在（　　）？

菀彼柳斯，鳴蜩嘒嘒（　　）。有漼者淵，萑葦淠淠（　　）。譬彼舟流，不知所屆（　　）。心之憂矣，不遑假寐（　　　）[36]。

鹿斯之奔，維足伎伎（　　）。雉之朝雊，尚求其雌（　　）。譬彼壞木，疾用無枝（　　）。心之憂矣，寧莫之知（　　）。

相彼投兔，尚或先（　　）之。行有死人，尚或墐（　　）之。君子秉心，維其忍（　　）之。心之憂矣，涕既隕（　　）之。

君子信讒，如或醻（　　）之。君子不惠，不舒究（　　）之。伐木掎（　　）矣，析薪扡（　　）矣。舍彼有罪，予之佗（　　）矣。

莫高匪山（　　），莫浚匪泉（　　）。君子無易由言（　　），耳屬于垣（　　）。無逝我梁，無發我笱（　　）。我躬不閱，遑恤我後（　　）？

....

[36] 「寐」與「嘒、淠、屆」沒、質合韻，屬近旁轉關係。

8.（總198）巧言

悠悠昊天，曰父母且（　）。無罪無辜（　），亂如此憮（　）。昊天已威（　），予慎無罪（　）；昊天大憮（　），予慎無辜（　）。

亂之初生〔　〕，僭始既涵（　）；亂之又生〔　〕，君子信讒（　）。君子如怒（　），亂庶遄沮（　）；君子如祉（　），亂庶遄已（　）。

君子屢盟（　），亂是用長（　）；君子信盜（　），亂是用暴（＿＿＿）[37]。盜言孔甘（　），亂是用餤（　）。匪其止共（　），維王之邛（　）。

奕奕寢廟，君子作（　）之。秩秩大猷，聖人莫（　）之。他人有心，予忖度（　）之。躍躍毚兔，遇犬獲（　）之。

荏染柔木，君子樹（　）之。往來行言，心焉數（　）之。蛇蛇碩言，出自口（　）矣。巧言如簧，顏之厚（　）矣。

---

[37] 「暴」與「盜」藥、宵通韻，屬入、陰正對轉關係。

彼何人斯？居河之麋（　　）。無拳無勇，職為亂階（　　）。既微且尰，爾勇伊何（　　）？為猶將多（　　），爾居徒幾何（　　）？

9.（總199）何人斯

彼何人斯？其心孔艱（　　）。胡逝我梁，不入我門（　　）？伊誰云從？誰暴之云（　　）。

二人從行〔　　〕，誰為此禍（　　）？胡逝我梁〔　　〕，不入唁我（　　）？始者不如今，云不我可（　　）。

彼何人斯？胡逝我陳（　　）。我聞其聲，不見其身（　　）。不愧于人（　　）？不畏于天（　　）？

彼何人斯？其為飄風（　　）。胡不自北？胡不自南（　　）？胡逝我梁？祇攪我心（　　）。

爾之安行〔　　〕，亦不遑舍（　　）。爾之亟行〔　　〕，遑脂爾車（　　）？壹者之來，云何其盱（　　）。

爾還而入〔　　〕，我心易＿＿＿（　　）[38]也。還而不入〔　　〕，否難知（　　）也。壹者之來，俾我祇（　　）也。

---

[38] 「易」與「知、祇」錫、支通韻，屬入、陰正對轉關係。

ㄅㄛˊ ㄕˋ ㄔㄨㄟ ㄒㄩㄣ　　　　　　　ㄓㄨㄥˋ ㄕˋ ㄔㄨㄟ ㄔˊ　　　　　　　ㄐㄧˊ ㄦˇ ㄖㄨˊ ㄍㄨㄢˋ
伯氏吹壎〔　　〕，仲氏吹篪（　　）。及爾如貫〔　　〕，

ㄌㄧㄤˋㄅㄨˋㄨㄛˇ ㄓ　　　　　　　ㄔㄨ ㄘˇ ㄙㄢ ㄨˋ　　　　　ㄧˇ ㄗㄨˇ ㄦˇ ㄙ
諒不我知（　　）？出此三物，以詛爾斯（　　）。

ㄨㄟˊㄍㄨㄟˇㄨㄟˊ ㄩˋ　　　　　ㄗㄜˊ ㄅㄨˋ ㄎㄜˇ ㄉㄜˊ　　　　　　ㄧㄡˇ ㄐㄧㄢˇㄇㄧㄢˋㄇㄨˋㄕˋ ㄖㄣˊ
為鬼為蜮（　　），則不可得（　　）。有靦面目，視人

ㄨㄤˇ ㄐㄧˊ　　　　　ㄗㄨㄛˋ ㄘˇ ㄏㄠˇ ㄍㄜ　　　　ㄧˇ ㄐㄧˊ ㄈㄢˇ ㄘㄜˋ
罔極（　　）。作此好歌，以極反側〔　　〕。

10.（總200）巷伯

ㄑㄧ ㄒㄧ ㄈㄟˇ ㄒㄧ　　　　　ㄔㄥˊ ㄕˋ ㄅㄟˋ ㄐㄧㄣˇ　　　　　　ㄅㄧˇ ㄗㄢˋ ㄖㄣˊ ㄓㄜˇ　　　ㄧˋ ㄧˇ ㄊㄞˋ ㄕㄣˋ
萋兮斐兮，成是貝錦（　　）。彼譖人者，亦已大甚

（　　）。

ㄔˇ ㄒㄧ ㄔˇ ㄒㄧ　　　　　ㄔㄥˊ ㄕˋ ㄋㄢˊ ㄐㄧ　　　　　　ㄅㄧˇ ㄗㄢˋ ㄖㄣˊ ㄓㄜˇ　　　ㄕˊ ㄉㄧˋ ㄩˇ ㄇㄡˊ
哆兮侈兮，成是南箕（　　）。彼譖人者，誰適與謀

（　　）？

ㄑㄧ ㄑㄧ ㄆㄢ ㄆㄢ　　　　　ㄇㄡˊ ㄩˋ ㄗㄢˋ ㄖㄣˊ　　　　ㄕㄣˋ ㄦˇ ㄧㄢˊ ㄧㄝˇ ㄨㄟˋ ㄦˇ ㄅㄨˋ
緝緝翩翩（　　），謀欲譖人（　　）。慎爾言也，謂爾不

ㄒㄧㄣˋ
信（　　）。

ㄑㄧㄝˋㄑㄧㄝˋㄈㄢ ㄈㄢ　　　　　ㄇㄡˊ ㄩˋ ㄗㄢˋ ㄧㄢˊ　　　　ㄑㄧˇㄅㄨˋ ㄦˇ ㄕㄡˋ ㄐㄧˋ ㄑㄧˊ ㄖㄨˇ
捷捷幡幡（　　），謀欲譖言（　　）。豈不爾受，既其女

ㄑㄧㄢ
遷（　　）。

ㄐㄧㄠ ㄖㄣˊ ㄏㄠˇㄏㄠˇ　　　　　ㄌㄠˊ ㄖㄣˊ ㄘㄠˇㄘㄠˇ　　　　ㄘㄤ ㄊㄧㄢ ㄘㄤ ㄊㄧㄢ
驕人好好（　　），勞人草草（　　）。蒼天蒼天（　　）！

ㄕˋ ㄅㄧˇ ㄐㄧㄠ ㄖㄣˊ　　　　　ㄐㄧㄣ ㄘˇ ㄌㄠˊ ㄖㄣˊ
視彼驕人（　　），矜此勞人（　　）。

彼譖人者（　），誰適與謀＿＿＿[39]？取彼譖人，投畀豺虎（　）。豺虎不食（　），投畀有北（　）。有北不受（　），投畀有昊（　）。

楊園之道，猗于畝丘（　）。寺人孟子〔　〕，作為此詩（　）。凡百君子〔　〕，敬而聽之（　）。

（五）谷風之什

1.（總201）谷風

習習谷風，維風及雨（　）。將恐將懼，維予與女（　）；將安將樂，女轉棄予（　）。

習習谷風，維風及頹（　）。將恐將懼，寘予于懷（　）；將安將樂，棄予如遺（　）。

習習谷風，維山崔嵬（　）。無草不死，無木不萎（　）。忘我大德，思我小怨＿＿＿[40]。

2.（總202）蓼莪

蓼蓼者莪，匪莪伊蒿（　）。哀哀父母，生我劬勞（　）。

---

[39] 「謀」與「者、虎」之、魚合韻，屬次旁轉關係。

[40] 「怨」與「嵬、萎」元、微通韻，屬陽、陰次對轉關係。

蓼蓼者莪，匪莪伊蔚（　　）。哀哀父母，生我勞瘁（　　）。

缾之罄〔　　〕矣，維罍之恥（　　）。鮮民之生〔　　〕，不如死之久（　　）矣！無父何怙？無母何恃（　　）？出則銜恤（　　），入則靡至（　　）。

父兮生我，母兮鞠（　　）我。拊我畜（　　）我，長我育（　　）我。顧我復（　　）我，出入腹（　　）我。欲報之德（　　），昊天罔極（　　）！

南山烈烈（　　），飄風發發（　　）。民莫不穀，我獨何害（　　）？

南山律律（　　），飄風弗弗（　　）。民莫不穀，我獨不卒（　　）。

3.（總203）大東

有饛簋飧，有捄棘匕（　　）。周道如砥（　　），其直如矢（　　）。君子所履（　　），小人所視（　　）。睠言顧之，潸焉出涕（　　）。

小東大東（　　），杼柚其空（　　）。糾糾葛屨，可以履霜（　　）。佻佻公子，行彼周行（　　）。既往既來（　　），使我心疚（　　）。

　　有冽氿泉〔　　〕，無浸穫薪（　　）。契契寤歎〔　　〕，哀我憚人（　　）。薪是穫薪〔　　〕，尚可載（　　）也。哀我憚人〔　　〕，亦可息_____[41]也。

　　東人之子〔　　〕，職勞不來（　　）；西人之子〔　　〕，粲粲衣服_____[42]。舟人之子〔　　〕，熊羆是裘（　　）；私人之子〔　　〕，百僚是試_____[43]。

　　或以其酒，不以其漿（　　）。鞙鞙佩璲，不以其長（　　）。維天有漢，監亦有光（　　）。跂彼織女，終日七襄（　　）。

　　雖則七襄（　　），不成報章（　　）。睆彼牽牛，不以服箱（　　）。東有啟明（　　），西有長庚（　　）。有捄天畢，載施之行（　　）。

　　維南有箕，不可以簸揚（　　）。維北有斗，不可以挹酒漿（　　）。維南有箕，載翕其舌（　　）。維北有斗，西柄之揭（　　）。

....

41 「息」與「載」職、之通韻，屬入、陰正對轉關係。

42 「服」與「來」職、之通韻，屬入、陰正對轉關係。

43 「試」與「裘」職、之通韻，屬入、陰正對轉關係。

4.（總 204）四月

四月維夏（　　），六月徂暑（　　）。先祖匪人，胡寧忍予（　　）？

秋日淒淒<u>（　　　）</u>[44]，百卉具腓（　　）。亂離瘼矣，爰其適歸（　　）。

冬日烈烈（　　），飄風發發（　　）。民莫不穀，我獨何害（　　）。

山有嘉卉，侯栗侯梅（　　）。廢為殘賊，莫知其尤（　　）？

相彼泉水，載清載濁（　　）。我日構禍，曷云能穀（　　）？

滔滔江漢，南國之紀（　　）。盡瘁以仕（　　），寧莫我有（　　）。

匪鶉匪鳶，翰飛戾天（　　）。匪鱣匪鮪，潛逃于淵（　　）。

....

[44] 「淒」與「腓、歸」脂、微合韻，屬近旁轉關係。

山有蕨薇（　　），隰有杞桋＿＿＿[45]。君子作歌，維以告哀（　　）。

5.（總 205）北山

陟彼北山，言采其杞（　　）。偕偕士子（　　），朝夕從事（　　）。王事靡盬，憂我父母（　　）。

溥天之下（　　），莫非王土（　　）；率土之濱（　　），莫非王臣（　　）。大夫不均（　　），我從事獨賢（　　）。

四牡彭彭（　　），王事傍傍（　　）。嘉我未老，鮮我方將（　　）。旅力方剛（　　），經營四方（　　）。

或燕燕居息（　　），或盡瘁事國（　　）；或息偃在牀（　　），或不已于行（　　）。

或不知叫號（　　），或慘慘劬勞（　　）；或棲遲偃仰（　　），或王事鞅掌（　　）。

或湛樂飲酒（　　），或慘慘畏咎（　　）；或出入風議（　　），或靡事不為（　　）。

[45]「桋」與「薇、哀」脂、微合韻，屬近旁轉關係。

6.（總206）無將大車

ㄨˊ ㄐㄧㄤㄉㄚˋ ㄐㄩ　　　ㄓˇ ㄗˋ ㄔㄣˊ　　　　　ㄒㄧ　ㄨˊ ㄙ ㄅㄞˇ ㄧㄡ　　　ㄓˇ ㄗˋ ㄓ
無將大車，祇自塵（　　）兮。無思百憂，祇自痕（　　　）[46]
ㄒㄧ
兮。

ㄨˊ ㄐㄧㄤㄉㄚˋ ㄐㄩ　　　ㄨㄟˊ ㄔㄣˊ ㄇㄧㄥˊㄇㄧㄥˊ　　　　ㄨˊ ㄙ ㄅㄞˇ ㄧㄡ　　　ㄅㄨˋ ㄔㄨ ㄩˊ ㄐㄩㄥˇ
無將大車，維塵冥冥（　　）。無思百憂，不出于熲
（　　）。

ㄨˊ ㄐㄧㄤㄉㄚˋ ㄐㄩ　　　ㄨㄟˊ ㄔㄣˊ ㄩㄥ　　　　ㄒㄧ　ㄨˊ ㄙ ㄅㄞˇ ㄧㄡ　　　ㄓˇ ㄗˋ ㄓㄨㄥˋ
無將大車，維塵雍（　　）兮。無思百憂，祇自重（　　）
ㄒㄧ
兮。

7.（總207）小明

ㄇㄧㄥˊㄇㄧㄥˊㄕㄤˋ ㄊㄧㄢ　　　ㄓㄠˋ ㄌㄧㄣˊㄒㄧㄚˋ ㄊㄨˇ　　　　ㄨㄛˇ ㄓㄥ ㄗㄨˇㄒㄧ　　　ㄓˋ ㄩˊ ㄑㄧㄢ ㄧㄝˇ
明明上天，照臨下土（　　）。我征徂西，至于芃野
　　　　　　ㄦˋ ㄩㄝˋ ㄔㄨ ㄐㄧ　　　ㄗㄞˋ ㄌㄧˊ ㄏㄢˊ ㄕㄨˇ　　　　ㄒㄧㄣ ㄓ ㄧㄡ ㄧˇ　　　ㄑㄧˊ ㄉㄨˊ ㄉㄚˋ ㄎㄨˇ
（　　）。二月初吉，載離寒暑（　　）。心之憂矣，其毒大苦
　　　　　　ㄋㄧㄢˋ ㄅㄧˇ ㄍㄨㄥˋㄖㄣˊ　　　ㄊㄧˋ ㄌㄧㄥˊ ㄖㄨˊ ㄩˇ　　　　ㄑㄧˇ ㄅㄨˋ ㄏㄨㄞˊ ㄍㄨㄟ　　　ㄨㄟˋ ㄘˇ ㄗㄨㄟˋ
（　　）。念彼共人，涕零如雨（　　）。豈不懷歸，畏此罪
ㄍㄨ
罟（　　）。

ㄒㄧˊ ㄨㄛˇ ㄨㄤˇ ㄧˇ　　　ㄖˋ ㄩㄝˋ ㄈㄤ ㄔㄨˊ　　　　ㄏㄜˊ ㄩㄣˊ ㄑㄧˊ ㄒㄩㄢˊ　　　ㄙㄨㄟˋ ㄩˋ ㄩㄣˊ ㄇㄛˋ
昔我往矣，日月方除〔　　〕。曷云其還？歲聿云莫
　　　　　　ㄋㄧㄢˋ ㄨㄛˇ ㄉㄨˊ ㄒㄧ　　　ㄨㄛˇ ㄕˋ ㄎㄨㄥˇㄕㄨˋ　　　　ㄒㄧㄣ ㄓ ㄧㄡ ㄧˇ　　　ㄉㄢˋ ㄨㄛˇ ㄅㄨˋ
（　　）。念我獨兮，我事孔庶（　　）。心之憂矣，憚我不
ㄒㄧㄚˋ　　　ㄋㄧㄢˋ ㄅㄧˇ ㄍㄨㄥˋㄖㄣˊ　　　ㄐㄩㄢˋㄐㄩㄢˋㄏㄨㄞˊㄍㄨˋ　　　ㄑㄧˇ ㄅㄨˋ ㄏㄨㄞˊ ㄍㄨㄟ　　　ㄨㄟˋ ㄘˇ
暇〔　　〕。念彼共人，睠睠懷顧（　　）。豈不懷歸？畏此
ㄑㄧㄢˇㄋㄨˋ
譴怒（　　）。

....

[46]「痕」與「塵」支、真合韻，屬陰、陽次對轉關係。

114

昔我往矣，日月方奧⁴⁷（　）。曷云其還？政事愈蹙（　）。歲聿云莫，采蕭穫菽（　）。心之憂矣，自詒伊戚（　）。念彼共人，興言出宿（　）。豈不懷歸？畏此反覆（　）。

嗟爾君子，無恒安處（　）。靖共爾位，正直是與（　）。神之聽之，式穀以女（　）。

嗟爾君子，無恒安息（　）。靖共爾位，好是正直（　）。神之聽之，介爾景福（　）。

8.（總208）鼓鍾

鼓鍾將將（　），淮水湯湯（　），憂心且傷（　）。淑人君子，懷允不忘（　）。

鼓鍾喈喈（　），淮水湝湝（　），憂心且悲（　）。淑人君子，其德不回（　）。

鼓鍾伐鼛（　），淮有三洲（　），憂心且怞⁴⁸（　）。淑人君子，其德不猶（　）。

鼓鍾欽欽（　），鼓瑟鼓琴（　），笙磬同音（　）。以雅以南（　），以籥不僭（　）。

....

⁴⁷「奧」，同「燠」。

⁴⁸「怞」，原作「妯」，據《說文‧心部》卷十引詩「憂心且怞」改。

9.（總 209）楚茨

楚楚者茨，言抽其棘（　　）。自昔何為？我藝黍稷
（　　）。我黍與與，我稷翼翼（　　）。我倉既盈，我庾維億
（　　）。以為酒食〔　　〕，以享以祀（　　）。以妥以侑
（　　），以介景福〔　　〕。

濟濟蹌蹌（　　），絜爾牛羊（　　），以往烝嘗（　　）。
或剝或亨（　　），或肆或將（　　）。祝祭于祊（　　），祀
事孔明（　　），先祖是皇（　　），神保是饗（　　）。孝孫
有慶（　　），報以介福，萬壽無疆（　　）。

執爨踖踖（　　），為俎孔碩（　　），或燔或炙
（　　）。君婦莫莫（　　），為豆孔庶（　　），為賓為客
（　　）。獻醻交錯（　　），禮儀卒度（　　），笑語卒獲
（　　）。神保是格（　　），報以介福，萬壽攸酢（　　）。

我孔熯（　　）矣，式禮莫愆（　　）。工祝致告，徂賚孝
孫（　　）[49]。苾芬孝祀，神嗜飲食（　　），卜爾百福
（　　），如幾如式（　　），既齊既稷（　　），既匡既勑[50]
（　　）。永錫爾極（　　），時萬時億（　　）。

....

[49] 「孫」與「熯、愆」諄、元合韻，屬近旁轉關係。

[50] 「勑」，通「敕」。毛傳：「勑，固也。」孔穎達疏：「既能誠正矣，既能慎固矣，於祀之禮無所
失。」朱熹集傳：「匡，正；敕，戒。」

禮儀既備（　），鍾鼓既戒（　）。孝孫徂位，工祝致告＿＿＿51。神具醉止（　），皇尸載起（　）。鼓鍾送尸（　），神保聿歸＿＿＿52。諸宰君婦，廢徹不遲（　）。諸父兄弟（　），備言燕私（　）。

樂具入奏（　），以綏後祿＿＿＿53。爾殽既將（　），莫怨具慶（　）。既醉既飽（　），小大稽首（　）。神嗜飲食，使君壽考（　）。孔惠孔時，維其盡（　）之。子子孫孫，勿替引（　）之。

10.（總210）信南山

信彼南山，維禹甸（　）之。畇畇原隰，曾孫田（　）之。我疆我理（　），南東其畝（　）。

上天同雲（　），雨雪雰雰（　）。益之以霢霂（　），既優既渥（　），既霑既足（　），生我百穀（　）。

疆場翼翼（　），黍稷彧彧（　）。曾孫之穡（　），以為酒食（　）。畀我尸賓（　），壽考萬年（　）。

....

51 「告」與「備、戒」覺、職合韻，屬近旁轉關係。

52 「歸」與「尸」微、脂合韻，屬近旁轉關係。

53 「祿」與「奏」屋、侯通韻，屬入、陰正對轉關係。

中田有廬（　），疆場有瓜（　）。是剝是菹（　），獻之皇祖（　）。曾孫壽考，受天之祜（　）。

祭以清酒（　），從以騂牡（　），享于祖考（　）。執其鸞刀（　），以啟其毛（　），取其血膋（　）。

是烝是享（　），苾苾芬芬，祀事孔明（　）。先祖是皇（　），報以介福，萬壽無疆（　）。

（六）甫田之什

1.（總211）甫田

倬彼甫田（　），歲取十千（　）。我取其陳（　），食我農人（　），自古有年（　）。今適南畝（　），或耘或耔（　），黍稷薿薿（　）。攸介攸止（　），烝我髦士（　）。

以我齊明（　），與我犧羊（　），以社以方（　）。我田既臧（　），農夫之慶（　）。琴瑟擊鼓（　），以御田祖（　），以祈甘雨（　），以介我稷黍（　），以穀我士女（　）。

曾孫來止（　），以其婦子（　）。饁彼南畝（　），田畯至喜（　）。攘其左右（　），嘗其旨否（　）。禾

易長畝（　），終善且有（　）。曾孫不怒，農夫克敏[54]（　）。

曾孫之稼，如茨如梁（　）；曾孫之庾，如坻如京（　）。乃求千斯倉（　），乃求萬斯箱（　）。黍稷稻梁（　），農夫之慶。報以介福，萬壽無疆（　）。

2.（總212）大田

大田多稼，既種既戒　　[55]，既備乃事（　）。以我覃耜（　），俶載南畝（　）。播厥百穀，既庭且碩（　），曾孫是若（　）。

既方既皁（　），既堅既好（　），不稂不莠（　）。去其螟螣（　），及其蟊賊（　）。無害我田稺[56]（　）。田祖有神，秉畀炎火（　　）[57]。

有渰萋萋（　），興雨祈祈（　），雨我公田，遂及我私（　）。彼有不穫穉（　），此有不斂穧（　）。彼有遺秉，此有滯穗（　），伊寡婦之利（　）。

[54]「敏」從「每」聲，且此章一韻到底，皆為之部字，故「敏」之古音當讀如「每」。

[55]「戒」與「事、耜、畝」職、之通韻，屬入、陰正對轉關係。

[56]「稺」，《說文・禾部》卷七：「幼禾也。」引申為凡幼之偁。今字作「稚」。

[57]「火」與「稺」微、脂合韻，屬近旁轉關係。

曾孫來止（　　），以其婦子（　　），饁彼南畝（　　），田畯至喜（　　）。來方禋祀〔　　〕，以其騂黑（　　），與其黍稷（　　）。以享以祀〔　　〕，以介景福（　　）。

3.（總213）瞻彼洛矣

瞻彼洛矣〔　　〕，維水泱泱〔　　〕[58]。君子至止〔　　〕，福祿如茨（　　）。韎韐有奭，以作六師（　　）。

瞻彼洛矣〔　　〕，維水泱泱〔　　〕。君子至止〔　　〕，鞞琫有珌（　　）。君子萬年，保其家室（　　）。

瞻彼洛矣〔　　〕，維水泱泱〔　　〕。君子至止〔　　〕，福祿既同（　　）。君子萬年，保其家邦（　　）。

4.（總214）裳裳者華

裳裳者華，其葉湑（　　）兮。我覯之子，我心寫（　　）兮。我心寫（　　）兮，是以有譽處（　　）兮。

裳裳者華，芸其黃（　　）矣。我覯之子，維其有章（　　）矣。維其有章（　　）矣，是以有慶（　　）矣。

裳裳者華，或黃或白（　　）。我覯之子，乘其四駱（　　）。乘其四駱（　　），六轡沃若（　　）。

....

[58] 「泱」與二、三章之「泱」遙韻。

左之左（　）之，君子宜（　）之。右之右（　）之，君子有（　）之。維其有（　）之，是以似（　）之。

5.（總215）桑扈

交交桑扈（　），有鶯其羽（　）。君子樂胥（　），受天之祜（　）。

交交桑扈〔　〕，有鶯其領（　）。君子樂胥〔　〕，萬邦之屏（　）。

之屏之翰（　），百辟為憲（　）。不戢不難[59]（　）？受福不那（　）？

兕觥其觩（　），旨酒思柔（　）。彼交匪敖____[60]，萬福來求（　）。

6.（總216）鴛鴦

鴛鴦于飛，畢之羅（　）之。君子萬年，福祿宜（　）之。

鴛鴦在梁，戢其左翼（　）。君子萬年，宜其遐福（　）。

---

[59] 「難」，通「儺」。

[60] 「敖」與「觩、柔、求」宵、幽合韻，屬近旁轉關係。

乘馬在廄，摧之秣（　）之。君子萬年，福祿艾
（　）之。

乘馬在廄，秣之摧（　）之。君子萬年，福祿綏
（　）之。

7.（總217）頍弁

有頍者弁，實維伊何（　）？爾酒既旨，爾殽既嘉
（　）。豈伊異人？兄弟匪他（　）。蔦與女蘿，施于松柏
（　）。未見君子〔　〕，憂心弈弈（　）；既見君子
〔　〕，庶幾說懌（　）。

有頍者弁，實維何期（　）？爾酒既旨，爾殽既時
（　）。豈伊異人？兄弟具來（　）。蔦與女蘿，施于松上
（　）。未見君子〔　〕，憂心怲怲（　）；既見君子
〔　〕，庶幾有臧（　）。

有頍者弁，實維在首（　）。爾酒既旨，爾殽既阜
（　）。豈伊異人？兄弟甥舅（　）。如彼雨雪，先集維
霰（　）。死喪無日，無幾相見（　）。樂酒今夕，君子
維宴（　）。

8.（總218）車舝

間關車之舝（　　）兮，思孌季女逝（　　）兮。匪飢匪渴
（　　），德音來括（　　）。雖無好友（　　），式燕且喜（　　）。

依彼平林，有集維鷮（　　）。辰彼碩女，令德來教
（　　）。式燕且譽（　　），好爾無射＿（　　）⁶¹。

雖無旨酒〔　　〕，式飲庶幾（　　）；雖無嘉殽〔　　〕
⁶²，式食庶幾（　　）。雖無德與女（　　），式歌且舞
（　　）。

陟彼高岡（　　），析其柞薪＿（　　）⁶³。析其柞薪
〔　　〕，其葉湑（　　）兮。鮮我覯爾＿〔　　〕⁶⁴，我心寫
（　　）兮。

高山仰（　　）止，景行行（　　）止。四牡騑騑
〔　　〕，六轡如琴（　　）。覯爾新昏〔　　〕⁶⁵，以慰我心
（　　）。

……………………

⁶¹ 「射」與「譽」鐸、魚通韻，屬入、陰正對轉關係。

⁶² 「殽」與「酒」宵、幽合韻，屬近旁轉關係。

⁶³ 「薪」與「岡」真、陽合韻，屬次旁轉關係。

⁶⁴ 「爾」與「薪」脂、真通韻，屬陰、陽正對轉關係。

⁶⁵ 「昏」與「騑」諄、微通韻，屬陽、陰正對轉關係。

9.（總219）青蠅

營營青蠅，止于樊（　　）。豈弟君子，無信讒言
（　　）。

營營青蠅，止于棘（　　）。讒人罔極（　　），交亂四國
（　　）。

營營青蠅，止于榛（　　）。讒人罔極，構我二人
（　　）。

10.（總220）賓之初筵

賓之初筵（　　　　），左右秩秩（＿＿＿）[66]。籩豆有楚
（　　），殽核維旅（　　　）。酒既和旨（　　），飲酒孔偕
（　　）。鍾鼓既設（　　　），舉醻逸逸（＿＿＿）[67]。大侯既抗
（　　），弓矢斯張（　　）。射夫既同（　　），獻爾發功
（　　）。發彼有的（　　），以祈爾爵（　　）。

籥舞笙鼓（　　　），樂既和奏（＿＿＿）[68]，烝衎烈祖
（　　），以洽百禮（　　）。百禮既至（＿＿＿）[69]，有壬有林

....

[66]「秩」與「筵」質、元合韻，屬入、陽次對轉關係。

[67]「逸」與「設」質、月合韻，屬次旁轉關係。

[68]「奏」與「鼓」侯、魚合韻，屬近旁轉關係。

[69]「至」與「禮」質、脂通韻，屬入、陰正對轉關係。

（　　）。錫爾純嘏，子孫其湛（　　）。其湛曰樂，各奏爾能[70]

（　　）。賓載手仇，室人入又（　　）。酌彼康爵，以奏爾

時（　　）。

　　賓之初筵（　　），溫溫其恭（　　　）[71]。其未醉〔　　〕

止，威儀反反（　　）。曰既醉〔　　〕止，威儀幡幡（　　）。

舍其坐遷（　　），屢舞僊僊（　　）。其未醉〔　　〕止，威儀

抑抑（　　）。曰既醉〔　　〕止，威儀怭怭（　　）。是曰既醉

（　　），不知其秩（　　　）[72]。

　　賓既醉止，載號載呶（　　　）[73]。亂我籩豆，屢舞僛僛

（　　）。是曰既醉，不知其郵（　　）。側弁之俄（　　），屢

舞傞傞（　　）。既醉而出〔　　〕，並受其福（　　）；醉而

不出〔　　〕，是謂伐德（　　）。飲酒孔嘉（　　），維其令

儀（　　）。

　　凡此飲酒，或醉或否（　　）。既立之監，或佐之史

（　　）。彼醉不臧，不醉反恥（　　）。式勿從謂，無俾大

怠（　　）。匪言勿言〔　　〕，匪由勿語（　　）。由醉之言

---

[70]「能」，《廣韻·代韻》又「奴代切」，音「耐」。此處與「又、時」押韻，宜取「奴代切」一音。

[71]「恭」與「筵」東、元合韻。東、元二部，甚少合韻，表示兩者關係疏遠。

[72]「秩」與「醉」質、沒合韻，屬近旁轉關係。

[73]「呶」與「僛、郵」幽、之合韻，屬近旁轉關係。

〔　〕，俾出童羖（　）。三爵不識（　），矧敢多又（　）[74]。

（七）魚藻之什

1.（總221）魚藻

　　魚在在藻〔　〕，有頒其首（　）。王在在鎬〔　〕，豈樂飲酒（　）。

　　魚在在藻〔　〕，有莘其尾（　）。王在在鎬〔　〕，飲酒樂豈（　）。

　　魚在在藻〔　〕，依于其蒲（　）。王在在鎬〔　〕，有那其居（　）。

2.（總222）采菽

　　采菽采菽，筐之筥（　）之。君子來朝，何錫予（　）之？雖無予（　）之，路車乘馬（　）。又何予（　）之？玄袞及黼（　）。

　　觱沸檻泉，言采其芹（　）。君子來朝，言觀其旂[75]（　）。其旂淠淠（　），鸞聲嘒嘒（　）。載驂載駟（　），君子所屆（　）。

....

74 「又」與「識」之、職通韻，屬陰、入正對轉關係。

75 「旂」，《說文‧㫃部》卷七：「从㫃，斤聲。」則「旂」本有斤音。今與「芹」同入諄部。

赤芾在股（　），邪幅在下（　）。彼交匪紓（　），天子所予（　）。樂只君子〔　〕，天子命（　）之。樂只君子〔　〕，福祿申（　）之。

維柞之枝，其葉蓬蓬（　）。樂只君子〔　〕，殿天子之邦（　）。樂只君子〔　〕，萬福攸同（　）。平平左右〔　〕，亦是率從（　）。

汎汎楊舟，紼纚維（　）之。樂只君子〔　〕，天子葵（　　）[76]之。樂只君子〔　〕，福祿膍（　）之。優哉游哉，亦是戾____[77]矣。

3.（總223）角弓

騂騂角弓，翩其反（　）矣。兄弟昏姻，無胥遠（　）矣。

爾之遠（　）矣，民胥然（　）矣。爾之教（　）矣，民胥傚（　）矣。

此令兄弟〔　〕，綽綽有裕（　）。不令兄弟〔　〕，交相為瘉____[78]。

76 「葵」與「維」脂、微合韻，屬近旁轉關係。

77 「戾」與「膍」質、脂通韻，屬入、陰正對轉關係。

78 「瘉」與「裕」侯、屋通韻，屬陰、入正對轉關係。

民之無良（　），相怨一方（　），受爵不讓（　），至于己斯亡（　）。

老馬反為駒（　），不顧其後（　）。如食宜饇（　），如酌孔取（　）。

毋教猱升木（　），如塗塗附＿＿＿（　）[79]。君子有徽猷，小人與屬（　）。

雨雪瀌瀌（　），見晛曰消（　）。莫肯下遺，式居婁驕（　）。

雨雪浮浮（　），見晛曰流（　）。如蠻如髦，我是用憂（　）。

4.（總224）菀柳

有菀者柳〔　〕，不尚息（　）焉。上帝甚蹈〔　〕，無自暱（　）焉。俾予靖之，後予極（　）焉。

有菀者柳〔　〕，不尚愒（　）焉。上帝甚蹈〔　〕，無自瘵（　）焉。俾予靖之，後予邁（　）焉。

有鳥高飛，亦傅于天（　）。彼人之心，于何其臻（　）？曷予靖之？居以凶矜（　）。

---

[79]「附」與「木、屬」侯、屋通韻，屬陰、入正對轉關係。

5.（總 225）都人士

彼都人士，狐裘黃黃（　　）。其容不改，出言有章
（　　）。行歸于周，萬民所望（　　）。

彼都人士，臺笠緇撮（　　）。彼君子女，綢直如髮
（　　）。我不見兮，我心不說（　　）。

彼都人士，充耳琇實（　　）。彼君子女，謂之尹吉
（　　）。我不見兮，我心苑結（　　）。

彼都人士，垂帶而厲（　　）。彼君子女，卷髮如蠆
（　　）。我不見兮，言從之邁（　　）。

匪伊垂之，帶則有餘（　　）。匪伊卷之，髮則有旟
（　　）。我不見兮，云何盱（　　）矣。

6.（總 226）采綠

終朝采綠（　　），不盈一匊 ___（　　）[80]。予髮曲局（　　），
薄言歸沐（　　）。

終朝采藍（　　），不盈一襜（　　）。五日為期，六日不
詹（　　）。

之子于狩，言韔其弓（　　）。之子于釣，言綸之繩
（　　）。

---
[80]「匊」與「綠、局、沐」覺、屋合韻，屬次旁轉關係。

其釣維何？維魴及鱮（　　）。維魴及鱮（　　），薄言觀者（　　）。

7.（總227）黍苗

芃芃黍苗（　　），陰雨膏（　　）之。悠悠南行，召伯勞（　　）之。

我任我輦（　　），我車我牛（　　）。我行既集，蓋云歸哉（　　）！

我徒我御（　　），我師我旅（　　）。我行既集，蓋云歸處（　　）！

肅肅謝功，召伯營（　　）之。烈烈征師，召伯成（　　）之。

原隰既平（　　），泉流既清（　　）。召伯有成（　　），王心則寧（　　）。

8.（總228）隰桑

隰桑有阿（　　），其葉有難[81]（　　）。既見君子，其樂如何（　　）？

....

[81]「難」，通「儺」。

隰桑有阿，其葉有沃（　　）。既見君子，云何不樂
（　　）？

隰桑有阿，其葉有幽（　　）。既見君子，德音孔膠
（　　）。

心乎愛（　　）矣，遐不謂（　　）矣？中心藏（　　）之，
何日忘（　　）之。

9.（總229）白華

白華菅兮，白茅束（　　）兮。之子之遠，俾我獨（　　）
兮。

英英白雲，露彼菅茅（　　）。天步艱難，之子不猶
（　　）。

滮池北流，浸彼稻田（　　）。嘯歌傷懷，念彼碩人
（　　）。

樵彼桑薪〔　　〕，卬烘于煁（　　）。維彼碩人〔　　〕，
實勞我心（　　）。

鼓鍾于宮，聲聞于外（　　）。念子懆懆，視我邁邁
（　　）。

有鶖在梁，有鶴在林（　　）。維彼碩人，實勞我心
（　　）。

鴛鴦在梁〔　〕，戢其左翼（　）。之子無良〔　〕，二三其德（　）。

有扁斯石，履之卑（　）兮。之子之遠，俾我疧（　）兮。

10.（總230）緜蠻

緜蠻黃鳥，止于丘阿（　）。道之云遠，我勞如何（　）。飲之食＿＿＿＿82之，教之誨（　）之。命彼後車，謂之載（　）之。

緜蠻黃鳥，止于丘隅（　）。豈敢憚行，畏不能趨（　）。飲之食＿＿＿＿83之，教之誨（　）之。命彼後車，謂之載（　）之。

緜蠻黃鳥，止于丘側（　）。豈敢憚行，畏不能極（　）。飲之食＿＿＿＿84之，教之誨（　）之。命彼後車，謂之載（　）之。

82 「食」與「誨、載」職、之通韻，屬入、陰正對轉關係。

83 「食」與「誨、載」職、之通韻，屬入、陰正對轉關係。

84 「食」與「誨、載」職、之通韻，屬入、陰正對轉關係。

11.（總231）瓠葉

幡幡瓠葉，采之亨（　）之。君子有酒，酌言嘗（　）之。

有兔斯首〔　〕，炮之燔（　）之。君子有酒〔　〕，酌言獻（　）之。

有兔斯首〔　〕，燔之炙（　）之。君子有酒〔　〕，酌言酢（　）之。

有兔斯首〔　〕，燔之炮（　）之。君子有酒〔　〕，酌言醻（　）之。

12.（總232）漸漸之石

漸漸之石，維其高（　）矣。山川悠遠，維其勞（　）矣。武人東征，不皇朝（　）矣。

漸漸之石，維其卒（　）矣。山川悠遠，曷其沒（　）矣。武人東征，不皇出（　）矣。

有豕白蹢，烝涉波（　）矣。月離于畢，俾滂沱（　）矣。武人東征，不皇他（　）矣。

13.（總233）苕之華

苕之華，芸其黃（　）矣。心之憂矣，維其傷（　）矣。

苕之華，其葉青青（　）。知我如此，不如無生（　）。

牂羊墳首（　），三星在罶（　），人可以食，鮮可以飽（　）。

14.（總234）何草不黃

何草不黃（　），何日不行（　）。何人不將（　），經營四方（　）。

何草不玄（　），何人不矜（　）。哀我征夫，獨為匪民（　）。

匪兕匪虎（　），率彼曠野（　）。哀我征夫（　），朝夕不暇（　）。

有芃者狐〔　〕，率彼幽草（　）。有棧之車〔　〕，行彼周道（　）。

三　大　雅

（一）文王之什

1.（總235）文王

　　文王在上，於昭于天（　　）。周雖舊邦，其命維新（　　）。有周不顯，帝命不時（　　）。文王陟降，在帝左右（　　）。

　　亹亹文王，令聞不已（　　）。陳錫哉周，侯文王孫子（　　）。文王孫子〔　　〕，本支百世（　　）。凡周之士〔　　〕，不顯亦世（　　）。

　　世之不顯，厥猶翼翼（　　）。思皇多士，生此王國（　　）。王國克生（　　），維周之楨（　　）。濟濟多士，文王以寧（　　）。

　　穆穆文王，於緝熙敬止（　　）。假哉天命，有商孫子（　　）。商之孫子，其麗不億（　　）。上帝既命，侯于周服（　　）。

侯服于周，天命靡常（　　）。殷士膚敏，祼將于京（　　）。厥作祼將，常服黼冔（　　）。王之藎臣，無念爾祖（　　）。

無念爾祖，聿脩厥德（　　）。永言配命，自求多福（　　）。殷之未喪師，克配上帝（　　）。宜鑒于殷，駿命不易（　　）。

命之不易，無遏爾躬（　　）。宣昭義問，有虞殷自天（　　）[1]。上天之載，無聲無臭（　　）。儀刑文王，萬邦作孚（　　）。

2.（總236）大明

明明在下，赫赫在上（　　）。天難忱斯，不易維王（　　）。天位殷適，使不挾四方（　　）。

摯仲氏任，自彼殷商（　　），來嫁于周，曰嬪于京（　　）。乃及王季，維德之行（　　）。大任有身，生此文王（　　）。

維此文王，小心翼翼（　　），昭事上帝，聿懷多福（　　）。厥德不回，以受方國（　　）。

---

[1] 「天」與「躬」真、冬合韻。真、冬二部，甚少合韻，表示兩者關係疏遠。

天監在下，有命既集（　　），文王初載，天作之合（　　）。在洽之陽，在渭之涘（　　）。文王嘉止（　　），大邦有子（　　）。

大邦有子，俔天之妹（　　）。文定厥祥，親迎于渭（　　）。造舟為梁（　　），不顯其光（　　）。

有命自天〔　　〕，命此文王（　　）。于周于京（　　），纘女維莘〔　　〕。長子維行（　　），篤生武王（　　）。保右命爾，燮伐大商（　　）。

殷商之旅〔　　〕，其會如林（　　）。矢于牧野〔　　〕，維予侯興＿＿＿（　　）[2]。上帝臨女〔　　〕，無貳爾心（　　）。

牧野洋洋（　　），檀車煌煌（　　），駟騵彭彭（　　）。維師尚父，時維鷹揚（　　）。涼彼武王（　　），肆伐大商（　　），會朝清明（　　）。

3.（總 237）緜

緜緜瓜瓞（　　），民之初生，自土沮漆（　　）。古公亶父，陶復陶穴（　　），未有家室（　　）。

古公亶父（　　），來朝走馬（　　），率西水滸（　　），至于岐下（　　）。爰及姜女（　　），聿來胥宇（　　）。

---

[2] 「興」與「林、心」蒸、侵合韻，屬旁轉關係。

137

周原膴膴，堇荼如飴（　）。爰始爰謀（　），爰契我龜（　）。曰止曰時（　），築室于茲（　）。

　　廼慰廼止（　），廼左廼右（　），廼疆廼理（　），廼宣廼畝（　）。自西徂東，周爰執事（　）。

　　乃召司空，乃召司徒（　），俾立室家（　）。其繩則直（　），縮版以載＿＿＿＿（　）³，作廟翼翼（　）。

　　捄之陾陾（　），度之薨薨（　），築之登登（　），削屢馮馮（　）。百堵皆興（　），鼛鼓弗勝（　）。

　　廼立皋門〔　〕，皋門有伉（　）；廼立應門〔　〕，應門將將（　）。廼立冢土，戎醜攸行（　）。

　　肆不殄厥慍（　），亦不隕厥問（　）。柞棫拔（　）矣，行道兌（　）矣。混夷駾（　）矣，維其喙（　）矣。

　　虞芮質厥成（　），文王蹶厥生（　）。予曰有疏附（　），予曰有先後（　），予曰有奔奏（　），予曰有禦侮（　）。

....

³ 「載」與「直、翼」之、職通韻，屬陰、入正對轉關係。

4.（總238）棫樸

芃芃棫樸，薪之槱（　）之。濟濟辟王，左右趣（　　）之。[4]

　　濟濟辟王（　），左右奉璋（　）。奉璋峨峨（　），髦士攸宜（　）。

　　淠彼涇舟，烝徒楫（　）之。周王于邁，六師及（　）之。

　　倬彼雲漢，為章于天（　）。周王壽考，遐不作人（　）。

　　追琢其章（　），金玉其相（　）。勉勉我王（　），綱紀四方（　）。

5.（總239）旱麓

瞻彼旱麓，榛楛濟濟（　）；豈弟君子，干祿豈弟（　）。

　　瑟彼玉瓚，黃流在中（　）；豈弟君子，福祿攸降（　）。

　　鳶飛戾天（　），魚躍于淵（　）；豈弟君子，遐不作人（　）。

---

4 「趣」與「槱」侯、幽合韻，屬次旁轉關係。

清酒既載（　），騂牡既備（　）；以享以祀（　），以介景福（　）。

瑟彼柞棫，民所燎（　）矣；豈弟君子，神所勞（　）矣。

莫莫葛藟（　），施于條枚（　）；豈弟君子，求福不回（　）。

6.（總240）思齊

思齊大任，文王之母（　）。思媚周姜，京室之婦（　）。大姒嗣徽音（　），則百斯男（　）。

惠于宗公〔　〕，神罔時怨，神罔時恫〔　〕。刑于寡妻（　），至于兄弟（　），以御于家邦〔　〕。

雝雝在宮〔　〕，肅肅在廟（　）；不顯亦臨〔　〕[5]，無射亦保（　）[6]。肆戎疾不殄，烈假不瑕（　）[7]。

不聞亦式（　），不諫亦入（　）[8]。肆成人有德，小子有造（　）。古之人無斁，譽髦斯士（　）[9]。

....

5 「臨」與「宮」侵、冬合韻，屬旁轉關係。

6 「保」與「廟」幽、宵合韻，屬近旁轉關係。

7 「瑕」與「保」魚、幽合韻，屬次旁轉關係。

8 「入」與「式」緝、職合韻，屬旁轉關係。

9 「士」與「造」之、幽合韻，屬近旁轉關係。

7.（總241）皇矣

皇矣上帝，臨下有赫（　）。監觀四方，求民之莫（　）。維此二國〔　〕，其政不獲（　）。維彼四國〔　〕，爰究爰度（　）。上帝耆之，憎其式廓（　）。乃眷西顧，此維與宅（　）。

作之屏〔　〕之，其菑其翳（　）；脩之平〔　〕之，其灌其栵（＿＿＿）[10]。啟之辟〔　〕之，其檉其椐（　）；攘之剔〔　〕之，其檿其柘（＿＿＿）[11]。帝遷明德，串夷載路（　）。天立厥配，受命既固（＿＿＿）[12]。

帝省其山，柞棫斯拔（　），松柏斯兌（　）。帝作邦作對（＿＿＿）[13]，自大伯王季（　）。維此王季（　），因心則友，則友其兄（　），則篤其慶（　）。載錫之光（　），受祿無喪（　），奄有四方（　）。

維此王季，帝度其心（　），貊其德音（　）。其德克明，克明克類（　），克長克君（＿＿＿）[14]。王此大邦，克順

[10] 「栵」與「翳」月、質合韻，屬次旁轉關係。

[11] 「柘」與「椐」鐸、魚通韻，屬入、陰正對轉關係。

[12] 「固」與「路」魚、鐸通韻，屬陰、入正對轉關係。

[13] 「對」與「季、季」沒、質合韻，屬近旁轉關係。

[14] 「君」與「類」諄、沒通韻，屬陽、入正對轉關係。

克比（＿＿＿）¹⁵。比于文王，其德靡悔（　）。既受帝祉（　），施于孫子（　）。

帝謂文王，無然畔援（　），無然歆羨（　），誕先登于岸（　）。密人不恭（　），敢距大邦（　），侵阮徂共（　）。王赫斯怒（　），爰整其旅（　），以按徂旅（　），以篤于周祜（　），以對于天下（　）。

依其在京（　），侵自阮疆（　），陟我高岡（　）。無矢我陵，我陵我阿（　）；無飲我泉，我泉我池（　）。度其鮮原，居岐之陽（　），在渭之將（　），萬邦之方（　），下民之王（　）。

帝謂文王：予懷明德（　）。不大聲以色（　），不長夏以革（　）。不識不知，順帝之則（　）。帝謂文王（　）：詢爾仇方（　），同爾弟兄¹⁶（　）。以爾鉤援，與爾臨衝（　），以伐崇墉（　）。

臨衝閑閑（　），崇墉言言（　），執訊連連（　），攸馘安安（　）。是類是禡，是致是附（　），四

．．．．．．．．．．．．．．．．．．．．

¹⁵「比」與「君」脂、諄合韻，屬陰、陽次對轉關係。

¹⁶「弟兄」，今本作「兄弟」，據《漢後書·列傳第十六》（伏湛傳）引詩作「同爾弟兄」改。

方以無侮（ㄈㄤ ㄧˇ ㄨˊ ㄨˇ　　）。臨衝茀茀（ㄌㄧㄣˊ ㄔㄨㄥ ㄈㄨˊ ㄈㄨˊ　　），崇墉仡仡（ㄔㄨㄥˊ ㄩㄥ ㄧˋ ㄧˋ　　）。是伐是肆（ㄕˋ ㄈㄚˊ ㄕˋ ㄙˋ），是絕是忽（ㄇㄛˋ ㄐㄩㄝˊ ㄕˋ ㄏㄨ　　），四方以無拂（ㄙˋ ㄈㄤ ㄧˇ ㄨˊ ㄈㄨˊ　　）。

8.（總 242）靈臺

經始靈臺（ㄐㄧㄥ ㄕˇ ㄌㄧㄥˊ ㄊㄞˊ），經之營（ㄐㄧㄥ ㄓ ㄧˊ　　）之（ㄓ）。庶民攻之（ㄕㄨˋ ㄇㄧㄣˊ ㄍㄨㄥ ㄓ），不日成（ㄅㄨˋ ㄖˋ ㄔㄥˊ　　）之（ㄓ）。

經始勿亟（ㄐㄧㄥ ㄕˇ ㄨˋ ㄐㄧˊ　　），庶民子來＿＿＿＿（ㄕㄨˋ ㄇㄧㄣˊ ㄗˇ ㄌㄞˊ）[17]。王在靈囿（ㄨㄤˊ ㄗㄞˋ ㄌㄧㄥˊ ㄧㄡˋ　　），麀鹿攸伏（ㄧㄡ ㄌㄨˋ ㄧㄡ ㄈㄨˊ　　）。

麀鹿濯濯（ㄧㄡ ㄌㄨˋ ㄓㄨㄛˊ ㄓㄨㄛˊ　　），白鳥翯翯（ㄅㄞˊ ㄋㄧㄠˇ ㄏㄜˊ ㄏㄜˊ　　）。王在靈沼，於牣魚躍（ㄨㄤ ㄗㄞˋ ㄌㄧㄥˊ ㄓㄠˇ　ㄨ ㄖㄣˋ　ㄩˊ ㄩㄝˋ　　）。

虡業維樅（ㄐㄩˋ ㄧㄝˋ ㄨㄟˊ ㄗㄨㄥ　　），賁鼓維鏞（ㄈㄣˊ ㄍㄨˇ ㄨㄟˊ ㄩㄥ　　）。於論鼓鐘（ㄨ ㄌㄨㄣˊ ㄍㄨˇ ㄓㄨㄥ　　），於樂辟廱（ㄨ ㄌㄜˋ ㄅㄧˋ ㄩㄥ　　）。

於論鼓鐘（ㄨ ㄌㄨㄣˊ ㄍㄨˇ ㄓㄨㄥ　　），於樂辟廱（ㄨ ㄌㄜˋ ㄅㄧˋ ㄩㄥ　　）。鼉鼓逢逢（ㄊㄨㄛˊ ㄍㄨˇ ㄆㄥˊ ㄆㄥˊ　　），矇瞍奏公（ㄇㄥˊ ㄙㄡˇ ㄗㄡˋ ㄍㄨㄥ　　）。

9.（總 243）下武

下武維周，世有哲王（ㄒㄧㄚˋ ㄨˇ ㄨㄟˊ ㄓㄡ　ㄕˋ ㄧㄡˇ ㄓㄜˊ ㄨㄤˊ　　）。三后在天，王配于京（ㄙㄢ ㄏㄡˋ ㄗㄞˋ ㄊㄧㄢ　ㄨㄤˊ ㄆㄟˋ ㄩˊ ㄐㄧㄥ　　）。

....

[17] 「來」與「亟」之、職通韻，屬陰、入正對轉關係。

王配于京，世德作求（　　）。永言配命，成王之孚（　　）。

成王之孚，下土之式（　　）。永言孝思，孝思維則（　　）。

媚茲一人，應侯順德（　　）。永言孝思，昭哉嗣服（　　）。

昭茲來許（　　），繩其祖武（　　）。于萬斯年，受天之祜（　　）。

受天之祜，四方來賀（　　）。於萬斯年，不遐有佐（　　）。

10.（總244）文王有聲

文王有聲（　　），遹駿有聲（　　）。遹求厥寧（　　），遹觀厥成（　　）。文王烝〔　　〕哉！

文王受命，有此武功（　　）。既伐于崇，作邑于豐（　　）。文王烝〔　　〕哉！

築城伊淢[18]（　　），作豐伊匹（　　）。匪棘其猶[19]（　　），遹追來孝（　　）。王后烝〔　　〕哉！

....

[18] 「淢」，今本作「淢」，據《韓詩》改。

[19] 「猶」，今本作「欲」，據《樂記·禮器第十》引詩作「匪革其猶」改。

王公伊濯，維豐之垣（　　）。四方攸同，王后維翰（　　）。王后烝〔　　〕哉！

豐水東注，維禹之績（　　）。四方攸同，皇王維辟（　　）。皇王烝〔　　〕哉！

鎬京辟廱（　　），自西自東（　　），自南自北（　　），無思不服（　　）。皇王烝〔　　〕哉！

考卜維王（　　），宅是鎬京（　　），維龜正（　　）之，武王成（　　）之。武王烝〔　　〕哉！

豐水有芑（　　），武王豈不仕（　　）？詒厥孫謀（　　），以燕翼子（　　）。武王烝〔　　〕哉！

（二）生民之什

1.（總245）生民

厥初生民（　　），時維姜嫄（＿＿）[20]。生民如何？克禋克祀（　　），以弗無子（　　）。履帝武敏（　　），歆攸介攸止（　　）。載震載夙（　　），載生載育（　　），時維后稷（＿＿）[21]。

----

[20] 「嫄」與「民」元、真合韻，屬次旁轉關係。

[21] 「稷」與「夙、育」職、覺合韻，屬近旁轉關係。

誕彌厥月（　），先生如達（　）。不坼不副，無菑無害（　）。以赫厥靈（　），上帝不寧（　）。不康禋祀（　），居然生子（　）。

誕寘之隘巷，牛羊腓字〔　〕之。誕寘之平林（　），會伐平林（　）。誕寘之寒冰，鳥覆翼〔　　〕[22]之。鳥乃去（　）矣，后稷呱（　）矣。

實覃實訏（　），厥聲載路（　　）[23]。誕實匍匐（　），克岐克嶷（　），以就口食（　）。藝之荏菽，荏菽旆旆（　），禾役穟穟（　　）[24]，麻麥幪幪（　），瓜瓞唪唪（　）。

誕后稷之穡，有相之道（　），茀厥豐草（　），種之黃茂（　）。實方實苞（　），實種實褎（　），實發實秀（　），實堅實好（　）。實穎實栗（　），即有邰家室（　）。

---

[22]「翼」與「字」職、之通韻，屬入、陰正對轉關係。

[23]「路」與「訏」鐸、魚通韻，屬入、陰正對轉關係。

[24]「穟」與「旆」沒、月合韻，屬近旁轉關係。

誕降嘉種，維秬維秠（　），維穈維芑（　）。恒之秬秠（　），是穫是畝（　）；恒之穈芑（　），是任是負（　）。以歸肇祀（　）。

誕我祀如何？或舂或揄＿＿＿＿²⁵，或簸或蹂（　）。釋之叟叟（　），烝之浮浮（　）。載謀載惟（　），取蕭祭脂＿＿＿＿²⁶。取羝以軷（　），載燔載烈（　），以興嗣歲（　）。

卬盛于豆，于豆于登（　），其香始升（　），上帝居歆〔　〕。胡臭亶時（　），后稷肇祀（　），庶無罪悔（　），以迄于今〔　〕。

2.（總246）行葦

敦彼行葦＿＿＿＿²⁷，牛羊勿踐履（　）。方苞方體（　），維葉泥泥（　）。

戚戚兄弟（　），莫遠具爾（　）。或肆之筵，或授之几（　）。

---

²⁵ 「揄」與「蹂、叟、浮」侯、幽合韻，屬次旁轉關係。

²⁶ 「脂」與「惟」脂、微合韻，屬近旁轉關係。

²⁷ 「葦」與「履、體、泥」微、脂合韻，屬近旁轉關係。

肆筵設席〔　〕，授几有緝御（　）。或獻或酢〔　〕，洗爵奠斝（　）。

醓醢以薦，或燔或炙（　）。嘉殽脾臄（　），或歌或咢（　）。

敦弓既堅（　），四鍭既鈞（　）。舍矢既均（　），序賓以賢（　）。

敦弓既句（　），既挾四鍭（　）。四鍭如樹（　），序賓以不侮（　）。

曾孫維主（　），酒醴維醹（　）。酌以大斗（　），以祈黃耇（　）。

黃耇台背（　），以引以翼（　）。壽考維祺，以介景福（　）。

3.（總247）既醉

既醉以酒，既飽以德（　），君子萬年，介爾景福（　）。

既醉以酒，爾殽既將（　），君子萬年，介爾昭明（　）。

昭明有融（　　），高朗令終（　　）。令終有俶
（　　），公尸嘉告（　　）。

其告維何（　　）？籩豆靜嘉（　　）。朋友攸攝，攝以威
儀（　　）。

威儀孔時（　　），君子有孝子（　　）。孝子不匱
（　　），永錫爾類（　　）。

其類維何？室家之壼 _____（　　）[28]。君子萬年（　　），永錫
祚胤（　　）。

其胤維何？天被爾祿（　　）。君子萬年，景命有僕
（　　）。

其僕維何？釐爾女士（　　）。釐爾女士（　　），從以孫
子（　　）。

4.（總248）鳧鷖

鳧鷖在涇（　　），公尸來燕來寧（　　）。爾酒既清
（　　），爾殽既馨（　　）。公尸燕飲，福祿來成（　　）。

鳧鷖在沙（　　），公尸來燕來宜（　　）。爾酒既多
（　　），爾殽既嘉（　　）。公尸燕飲，福祿來為（　　）。

---

[28] 「壼」與「年、胤」諄、真合韻，屬近旁轉關係。

鳬鷖在渚（　　），公尸來燕來處（　　）。爾酒既湑

（　　），爾殽伊脯（　　）。公尸燕飲，福祿來下（　　）。

鳬鷖在潨（　　），公尸來燕來宗（　　）。既燕于宗

（　　），福祿攸降（　　）。公尸燕飲，福祿來崇（　　）。

鳬鷖在亹（　　），公尸來止熏熏（　　）。旨酒欣欣

（　　），燔炙芬芬（　　）。公尸燕飲，無有後艱（　　）。

5.（總 249）假樂

假樂君子（　　），顯顯令德（＿＿＿）[29]。宜民宜人

（　　），受祿于天（　　）。保右命（　　）之，自天申（　　）

之。

干祿百福（　　），子孫千億（　　）。穆穆皇皇（　　），

宜君宜王（　　）。不愆不忘（　　），率由舊章（　　）。

威儀抑抑（　　），德音秩秩（　　）。無怨無惡，率由群

匹（　　）。受福無疆（　　），四方之綱（　　）。

之綱之紀（　　），燕及朋友（　　）。百辟卿士（　　），

媚于天子（　　）。不解于位（　　），民之攸墍（　　）。

---

[29]「德」與「子」職、之通韻，屬入、陰正對轉關係。

6.（總 250）公劉

篤公劉，匪居匪康（　　），迺場迺疆（　　），迺積迺倉（　　）。迺裹餱糧（　　），于橐于囊（　　），思輯用光（　　），弓矢斯張（　　）。干戈戚揚（　　），爰方啟行（　　）。

篤公劉，于胥斯原（　　），既庶既繁（　　），既順迺宣（　　），而無永歎（　　）。陟則在巘（　　），復降在原（　　）。何以舟之，維玉及瑤（　　），鞞琫容刀（　　）。

篤公劉，逝彼百泉（　　），瞻彼溥原（　　）。迺陟南岡（　　），乃覯于京（　　）。京師之野（　　），于時處處（　　），于時廬旅（　　），于時言言，于時語語（　　）。

篤公劉，于京斯依〔　　〕，蹌蹌濟濟（　　），俾筵俾几（　　），既登乃依〔　　〕。乃造其曹（　　），執豕于牢（　　），酌之用匏＿＿＿＿[30]。食之飲（　　）之，君之宗＿＿＿＿[31]之。

篤公劉，既溥既長（　　），既景迺岡（　　），相其陰陽（　　）。觀其流泉（　　），其軍三單（　　），度其隰原

....

[30] 「匏」與「曹、牢」幽、宵合韻，屬近旁轉關係。

[31] 「宗」與「飲」冬、侵合韻，屬旁轉關係。

（　）。徹田為糧（　）。度其夕陽（　），豳居允荒（　）。

篤公劉，于豳斯館（　），涉渭為亂（　），取厲取鍛（　）。止基迺理（　），爰眾爰有（　）。夾其皇澗（　），溯其過澗（　）。止旅乃密（　），芮鞫之即（　）。

7.（總251）泂酌

泂酌彼行潦，挹彼注茲（　），可以餴饎（　）。豈弟君子（　），民之父母（　）。

泂酌彼行潦，挹彼注茲〔　〕，可以濯罍（　）。豈弟君子〔　〕，民之攸歸（　）。

泂酌彼行潦，挹彼注茲〔　〕，可以濯溉（　）。豈弟君子〔　〕，民之攸塈（　）。

8.（總252）卷阿

有卷者阿〔　〕，飄風自南（　）。豈弟君子，來游來歌〔　〕，以矢其音（　）。

伴奐爾游（　）矣，優游爾休（　）矣。豈弟君子，俾爾彌爾性，似先公酋（　）矣。

爾土宇昄章，亦孔之厚（　）矣。豈弟君子，俾爾彌爾性，百神爾主（　）矣。

爾受命長（　）矣，茀祿爾康（　）矣。豈弟君子，俾爾彌爾性，純嘏爾常（　）矣。

有馮有翼（　），有孝有德（　），以引以翼（　）。豈弟君子，四方為則（　）。

顒顒卬卬（　），如圭如璋（　），令聞令望（　）。豈弟君子，四方為綱（　）。

鳳凰于飛，翽翽其羽，亦集爰止（　）。藹藹王多吉士（　），維君子使（　），媚于天子（　）。

鳳凰于飛，翽翽其羽，亦傅于天（　）。藹藹王多吉人（　），維君子命（　），媚于庶人（　）。

鳳凰鳴〔　〕矣，于彼高岡（　）；梧桐生〔　〕矣，于彼朝陽（　）。菶菶萋萋（　），雝雝喈喈（　）。

君子之車〔　〕，既庶且多（　）；君子之馬〔　〕，既閑且馳（　）。矢詩不多（　），維以遂歌（　）。

9.（總253）民勞

民亦勞止，汔可小康（　）。惠此中國，以綏四方（　）。無縱詭隨，以謹無良（　）。式遏寇虐，憯不畏明（　）。柔遠能邇，以定我王（　）。

民亦勞止，汔可小休（　）。惠此中國，以為民逑（　）。無縱詭隨，以謹惛怓（　）。式遏寇虐，無俾民憂（　）。無棄爾勞，以為王休（　）。

民亦勞止，汔可小息（　）。惠此京師，以綏四國（　）。無縱詭隨，以謹罔極（　）。式遏寇虐，無俾作慝（　）。敬慎威儀，以近有德（　）。

民亦勞止，汔可小愒（　）。惠此中國，俾民憂泄（　）。無縱詭隨，以謹醜厲（　）。式遏寇虐，無俾正敗（　）。戎雖小子，而式弘大（　）。

民亦勞止，汔可小安（　）。惠此中國，國無有殘（　）。無縱詭隨，以謹繾綣（　）。式遏寇虐，無俾正反（　）。王欲玉女，是用大諫（　）。

10.（總254）板

上帝板板（　），下民卒癉（　）。出話不然（　），為猶不遠（　）。靡聖管管（　），不實於亶（　）。猶之未遠（　），是用大諫（　）。

天之方難（　　），無然憲憲（　　）。天之方蹶（　　），無然泄泄（　　）。辭之輯（　）矣，民之洽（　）矣。辭之懌（　）矣，民之莫（　）矣。

我雖異事〔　〕，及爾同僚（　）。我即爾謀〔　〕，聽我囂囂（　）。我言維服，勿以為笑（　）。先民有言，詢于芻蕘（　）。

天之方虐（　），無然謔謔（　）。老夫灌灌，小子蹻蹻（　）。匪我言耄，爾用憂謔（　）。多將熇熇（　），不可救藥（　）。

天之方懠（　），無為夸毗（　）。威儀卒迷（　），善人載尸（　）。民之方殿屎（　），則莫我敢葵（　）。喪亂蔑資（　），曾莫惠我師（　）。

天之牖民，如壎如箎（　），如璋如圭（　），如取如攜（　）。攜無曰益（　），牖民孔易（　）。民之多辟（　），無自立辟（　）。

价人維藩（　），大師維垣（　）。大邦維屏〔　〕，大宗維翰（　）。懷德維寧〔　〕，宗子維城〔　〕。無俾城壞（　），無獨斯畏（　）。

敬天之怒（　　），無敢戲豫（　　）；敬天之渝（　　），無敢馳驅（　　）。昊天曰明（　　），及爾出王（　　）；昊天曰旦（　　），及爾游衍（　　）。

（三）蕩之什

1.（總255）蕩

蕩蕩上帝（　　），下民之辟（　　）。疾威上帝（　　），其命多辟（　　）。天生烝民，其命匪諶（　　）。靡不有初，鮮克有終（　　　）[32]。

文王曰咨！咨女殷商〔　　〕[33]！曾是彊禦，曾是掊克（　　）；曾是在位，曾是在服（　　）。天降滔德（　　），女興是力（　　）。

文王曰咨！咨女殷商〔　　〕！而秉義類（　　），彊禦多懟（　　），流言以對（　　），寇攘式內（　　）。侯作侯祝（　　），靡屆靡究（　　　）[34]。

....

[32] 「終」與「諶」冬、侵合韻，屬旁轉關係。

[33] 「商」與三、四、五、六、七、八章之「商」遙韻。

[34] 「究」與「祝」幽、覺通韻，屬陰、入正對轉關係。

文王曰咨！咨女殷商〔　　〕！女炰烋于中國（　　），斂怨以為德（　　）。不明爾德（　　），時無背無側（　　）。爾德不明（　　），以無陪無卿（　　）。

文王曰咨！咨女殷商〔　　〕！天不湎爾以酒，不義從式＿＿＿（　　）[35]。既愆爾止（　　），靡明靡晦（　　）。式號式呼（　　），俾晝作夜＿＿＿（　　）[36]。

文王曰咨！咨女殷商〔　　〕！如蜩如螗（　　），如沸如羹（　　）。小大近喪（　　），人尚乎由行（　　）。內奰于中國，覃及鬼方（　　）。

文王曰咨！咨女殷商〔　　〕！匪上帝不時（　　），殷不用舊（　　）。雖無老成人，尚有典刑（　　）。曾是莫聽（　　），大命以傾（　　）。

文王曰咨！咨女殷商〔　　〕！人亦有言，顛沛之揭（　　）。枝葉未有害（　　），本實先撥（　　）。殷鑒不遠，在夏后之世（　　）。

....

[35] 「式」與「止、晦」職、之通韻，屬入、陰正對轉關係。

[36] 「夜」與「呼」鐸、魚通韻，屬入、陰正對轉關係。

157

2.（總 256）抑

抑抑威儀，維德之隅（　　）。人亦有言，靡哲不愚
（　　）。庶人之愚〔　　〕，亦職維疾（　　）；哲人之愚
〔　　〕，亦維斯戾（　　）。

無競維人，四方其訓（　　）之。有覺德行，四國順
（　　）之。訏謨定命，遠猶辰告（　　）。敬慎威儀，維民
之則（　　）[37]。

其在于今，興迷亂于政〔　　〕。顛覆厥德，荒湛于酒
（　　）。女雖湛樂從，弗念厥紹（　　）[38]。罔敷求先王，克
共明刑〔　　〕。

肆皇天弗尚（　　），如彼泉流，無淪胥以亡（　　）。
夙興夜寐（　　），洒掃庭內（　　），維民之章（　　）。修爾
車馬，弓矢戎兵（　　）。用戒戎作，用逷蠻方（　　）。

質爾人民，謹爾侯度（　　），用戒不虞（　　）[39]。慎爾出
話，敬爾威儀（　　），無不柔嘉（　　）。白圭之玷〔　　〕，
尚可磨（　　）也；斯言之玷〔　　〕，不可為（　　）也。

....

[37]「則」與「告」職、覺合韻，屬近旁轉關係。

[38]「紹」與「酒」宵、幽合韻，屬近旁轉關係。

[39]「虞」與「度」魚、鐸通韻，屬陰、入正對轉關係。

無易由言，無曰苟矣，莫捫朕舌（　　），言不可逝（　　）矣。無言不讎（　　），無德不報（　　）。惠于朋友（　　），庶民小子（　　）。子孫繩繩（　　），萬民靡不承（　　）。

視爾友君子，輯柔爾顏（　　），不遐有愆（　　）。相在爾室，尚不愧于屋漏（　　）。無曰不顯，莫予云覯（　　）。神之格（　　）思，不可度（　　）思，矧可射（　　）思。

辟爾為德，俾臧俾嘉（　　）。淑慎爾止，不愆于儀（　　）。不僭不賊（　　），鮮不為則（　　）。投我以桃，報之以李（　　）。彼童而角，實虹小子（　　）。

荏染柔木，言緡之絲（　　）。溫溫恭人，維德之基（　　）。其維哲人〔　　〕，告之話言（　　），順德之行＿＿＿[40]。其維愚人〔　　〕，覆謂我僭（　　），民各有心（　　）。

於乎小子（　　），未知臧否（　　）。匪手攜之，言示之事（　　）。匪面命之，言提其耳（　　）。借曰未知，亦既抱子（　　）。民之靡盈（　　），誰夙知而莫成（　　）。

---

[40] 「行」與「言」陽、元合韻。陽、元二部，甚少合韻，表示兩者關係疏遠。

昊天孔昭（　　），我生靡樂（＿＿＿）[41]。視爾夢夢，我心懆懆[42]（　　）。誨爾諄諄，聽我藐藐（＿＿＿）[43]。匪用為教（　　），覆用為虐（＿＿＿）[44]。借曰未知，亦聿既耄（　　）。

於乎小子（　　），告爾舊止（　　）。聽用我謀（　　），庶無大悔（　　）。天方艱難〔　　〕，曰喪厥國（　　）。取譬不遠〔　　〕，昊天不忒（　　）。回遹其德（　　），俾民大棘（　　）。

3.（總257）桑柔

菀彼桑柔〔　　〕，其下侯旬（　　）。捋采其劉〔　　〕，瘼此下民（　　）。不殄心憂〔　　〕，倉兄填（　　）兮。倬彼昊天（　　），寧不我矜（　　）。

四牡騤騤〔　　〕，旟旐有翩（　　）。亂生不夷〔　　〕，靡國不泯（　　）。民靡有黎〔　　〕，具禍以燼（　　）。於乎有哀〔＿＿＿〕[45]，國步斯頻（　　）。

[41] 「樂」與「昭」藥、宵通韻，屬入、陰正對轉關係。

[42] 「懆」，今本作「慘」。南宋王應麟《困學紀聞・卷三》：「吳才老《詩叶韻補音・序》曰：『開元中，修《五經文字》，「我心慘慘」為懆七到反，「伐鼓淵淵」為鼘於巾反，皆與《釋文》異。』」據此可知，「慘」當作「懆」。

[43] 「藐」與「懆」藥、宵通韻，屬入、陰正對轉關係。

[44] 「虐」與「教、耄」藥、宵通韻，屬入、陰正對轉關係。

[45] 「哀」與「騤、夷、黎」微、脂合韻，屬近旁轉關係。

國步蔑資，天不我將（　），靡所止疑，云徂何往（　）？君子實維，秉心無競（　）。誰生厲階？至今為梗（　）。

憂心慇慇〔　〕，念我土宇（　）。我生不辰〔　〕，逢天僤怒（　）。自西徂東，靡所定處（　）。多我覯痻，孔棘我圉（　）。

為謀為毖〔　〕，亂況斯削（　）。告爾憂恤〔　〕，誨爾序爵（　）。誰能執熱，逝不以濯（　）？其何能淑？載胥及溺（　）。

如彼溯風〔　〕，亦孔之僾（　）。民有肅心〔　〕，荓云不逮（　　　）⁴⁶。好是稼穡（　），力民代食（　）。稼穡維寶（　），代食維好（　）。

天降喪亂，滅我立王（　）。降此蟊賊〔　〕，稼穡卒痒（　）。哀恫中國〔　〕，具贅卒荒（　）。靡有旅力〔　〕，以念穹蒼（　）。

---

46 「逮」與「僾」質、沒合韻，屬近旁轉關係。

維此惠君，民人所瞻____47。秉心宣猶，考慎其相（　）。維彼不順，自獨俾臧（　）。自有肺腸（　），俾民卒狂（　）。

瞻彼中林〔　〕，甡甡其鹿（　）。朋友已譖〔　〕，不胥以穀（　）。人亦有言，進退維谷（　）。

維此聖人〔　〕，瞻言百里（　）；維彼愚人〔　〕，覆狂以喜（　）。匪言不能，胡斯畏忌（　）？

維此良人，弗求弗迪（　）；維彼忍心，是顧是復（　）。民之貪亂，寧為荼毒（　）？

大風有隧，有空大谷（　）。維此良人，作為式穀（　）。維彼不順，征以中垢____48。

大風有隧（　），貪人敗類（　）。聽言則對（　），誦言如醉（　）。匪用其良，覆俾我悖（　）。

嗟爾朋友，予豈不知而作（　）？如彼飛蟲，時亦弋獲（　）。既之陰女，反予來赫（　）。

----

47 「瞻」與「相、臧、腸、狂」談、陽合韻，屬旁轉關係。

48 「垢」與「谷、穀」侯、屋通韻，屬陰、入正對轉關係。

民之罔極（　），職涼善背（　）。為民不利，如云
不克（　）。民之回遹，職競用力（　）。

民之未戾（　　）⁴⁹，職盜為寇，涼曰不可（　）。覆背
善詈（　），雖曰匪予，既作爾歌（　）。

4.（總258）雲漢

倬彼雲漢，昭回于天（　）。王曰於乎！何辜今之人
（　）？天降喪亂，饑饉薦臻（　）。靡神不舉，靡愛斯
牲（　）。圭璧既卒，寧莫我聽（　）？

旱既大甚，蘊隆蟲蟲（　）。不殄禋祀，自郊徂宮
（　）。上下奠瘞，靡神不宗（　）。后稷不克，上帝不
臨（　　）⁵⁰。耗斁下土，寧丁我躬（　）？

旱既大甚，則不可推（　）。兢兢業業，如霆如雷
（　）。周餘黎民，靡有孑遺（　）。昊天上帝，則不我遺
（　）。胡不相畏（　）？先祖于摧（　）。

旱既太甚，則不可沮（　）。赫赫炎炎，云我無所
（　）。大命近止，靡瞻靡顧（　）。群公先正，則不我
助（　）。父母先祖（　），胡寧忍予（　）？

⁴⁹「戾」與「可、詈、歌」質、歌合韻，屬入、陰次對轉關係。

⁵⁰「臨」與「蟲、宮、宗、躬」侵、冬合韻，屬旁轉關係。

旱既太甚，滌滌山川（　）。旱魃為虐，如惔如焚（　）。我心憚暑，憂心如熏（　）。群公先正，則不我聞（　）。昊天上帝，寧俾我遯（　）？

旱既太甚，黽勉畏去（　）。胡寧瘨我以旱？憯不知其故（　）。祈年孔夙，方社不莫（　　）[51]。昊天上帝，則不我虞（　）。敬恭明神，宜無悔怒（　）。

旱既太甚，散無友紀（　）。鞫哉庶正，疚哉冢宰（　）。趣馬師氏，膳夫左右（　）。靡人不周，無不能止（　）。瞻卬昊天，云如何里（　）？

瞻卬昊天，有嘒其星（　）。大夫君子，昭假無贏（　）。大命近止，無棄爾成（　）。何求為我？以戾庶正（　）。瞻卬昊天，曷惠其寧（　）？

5.（總259）崧高

崧高維嶽，駿極于天（　）。維嶽降神（　），生甫及申（　）。維申及甫，維周之翰（　）。四國于蕃（　），四方于宣（　）。

---

[51] 「莫」與「去、故、虞、怒」鐸、魚通韻，屬入、陰正對轉關係。

　　亹亹申伯〔　　〕，王纘之事（　　）。于邑于謝〔　　〕，南國是式（　　）52。王命召伯（　　），定申伯之宅（　　）。登是南邦（　　），世執其功（　　）。

　　王命申伯，式是南邦（　　）。因是謝人，以作爾庸（　　）。王命召伯，徹申伯土田（　　）。王命傅御，遷其私人（　　）。

　　申伯之功，召伯是營（　　）。有俶其城（　　），寢廟既成（　　）。既成藐藐（　　），王錫申伯：四牡蹻蹻（　　），鈎膺濯濯（　　）。

　　王遣申伯，路車乘馬（　　）。我圖爾居（　　），莫如南土（　　）。錫爾介圭，以作爾寶（　　）。往近王舅（　　），南土是保（　　）。

　　申伯信邁，王餞于郿（　　）。申伯還南，謝于誠歸（　　）53。王命召伯，徹申伯土疆（　　）。以峙其粻（　　），式遄其行（　　）。

....

52 「式」與「事」職、之通韻，屬入、陰正對轉關係。

53 「歸」與「郿」微、脂合韻，屬近旁轉關係。

申伯番番（　　），既入于謝，徒御嘽嘽（　　）。周邦咸喜，戎有良翰（　　）。不顯申伯，王之元舅，文武是憲（　　）。

　　申伯之德（　　），柔惠且直（　　）。揉此萬邦，聞于四國（　　）。吉甫作誦，其詩孔碩（　　）。其風肆好，以贈申伯（　　）。

6.（總260）烝民

　　天生烝民，有物有則（　　）。民之秉彝，好是懿德（　　）。天監有周，昭假于下（　　）。保茲天子，生仲山甫（　　）。

　　仲山甫之德（　　），柔嘉維則（　　）。令儀令色（　　），小心翼翼（　　）。古訓是式（　　），威儀是力（　　）。天子是若（　　），明命使賦＿＿＿[54]。

　　王命仲山甫：式是百辟，纘戎祖考（　　），王躬是保（　　）。出納王命，王之喉舌（　　）。賦政于外（　　），四方爰發（　　）。

----

[54]「賦」與「若」魚、鐸通韻，屬陰、入正對轉關係。

肅肅王命，仲山甫將（　）之；邦國若否，仲山甫明（　）之。既明且哲，以保其身（　）。夙夜匪解，以事一人（　）。

人亦有言：柔則茹（　）之，剛則吐（　）之。維仲山甫（　），柔亦不茹（　），剛亦不吐（　）。不侮矜寡（　），不畏彊禦（　）。

人亦有言：德輶如毛，民鮮克舉（　）之。我儀圖（　）之，維仲山甫舉（　）之，愛莫助（　）之。袞職有闕，維仲山甫補（　）之。

仲山甫出祖，四牡業業（　），征夫捷捷＿＿＿55，每懷靡及＿＿＿56。四牡彭彭（　），八鸞鏘鏘（　）。王命仲山甫，城彼東方（　）。

四牡騤騤（　），八鸞喈喈（　）。仲山甫徂齊（　），式遄其歸＿＿＿57。吉甫作誦，穆如清風（　）。仲山甫永懷，以慰其心（　）。

....

55 「捷」與「業」怗、盍合韻，屬旁轉關係。

56 「及」與「捷」緝、怗合韻，屬旁轉關係。

57 「歸」與「騤、喈、齊」微、脂合韻，屬近旁轉關係。

7.（總261）韓奕

奕奕梁山，維禹甸〔 〕之，有倬其道（ ）。韓侯受命〔 〕，王親命〔 〕之，纘戎祖考（ ）。無廢朕命〔 〕，夙夜匪解（＿＿＿）[58]。虔共爾位，朕命不易（ ）。幹不庭方，以佐戎辟（ ）。

四牡奕奕，孔修且張（ ）。韓侯入覲，以其介圭，入覲于王（ ）。王錫韓侯：淑旂綏章（ ），簟茀錯衡（ ）；玄袞赤舃，鉤膺鏤錫（ ）；鞹鞃淺幭（ ），鞗革金厄（＿＿＿）[59]。

韓侯出祖（ ），出宿于屠（ ）。顯父餞之，清酒百壺（ ）。其殽維何〔 〕？炰鱉鮮魚（ ）。其蔌維何〔 〕？維筍及蒲（ ）。其贈維何〔 〕？乘馬路車（ ）。籩豆有且（ ），侯氏燕胥（ ）。

韓侯取妻，汾王之甥，蹶父之子（ ）。韓侯迎止（ ），于蹶之里（ ）。百兩彭彭（ ），八鸞鏘鏘（ ），不顯其光（ ）。諸娣從之，祁祁如雲（ ）。韓侯顧之，爛其盈門（ ）。

....

58 「解」與「易、辟」支、錫通韻，屬陰、入正對轉關係。

59 「厄」與「幭」錫、月合韻，屬次旁轉關係。

蹶父孔武，靡國不到（　）。為韓姞相攸，莫如韓樂

（　）60。孔樂韓土（　），川澤訏訏（　），魴鱮甫甫

（　），麀鹿噳噳（　）。有熊有羆，有貓有虎（　）。慶

既令居（　），韓姞燕譽（　）。

溥彼韓城，燕師所完（　）。以先祖受命，因時百蠻

（　）。王錫韓侯，其追其貊（　）。奄受北國，因以其伯

（　）。實墉實壑（　），實畝實籍（　）。獻其貔皮

（　），赤豹黃羆（　）。

8.（總262）江漢

江漢浮浮（　），武夫滔滔（　）。匪安匪遊（　），

淮夷來求（　）。既出我車（　），既設我旟（　）。匪安

匪舒（　），淮夷來鋪（　）。

江漢湯湯（　），武夫洸洸（　）。經營四方（　），

告成于王（　）。四方既平（　），王國庶定（　）。時

靡有爭（　），王心載寧（　）。

江漢之滸（　），王命召虎（　）。式辟四方，徹我疆

土（　）。匪疚匪棘（　），王國來極（　）。于疆于理

（　），至于南海（　）。

....

60 「樂」與「到」藥、宵通韻，屬入、陰正對轉關係。

王命召虎，來旬來宣（　）。文武受命，召公維翰（　）。無曰予小子（　），召公是似（　）。肇敏戎公，用錫爾祉（　）。

釐爾圭瓚，秬鬯一卣，告于文人（　）。錫山土田（　），于周受命（　），自召祖命（　）。虎拜稽首，天子萬年（　）。

虎拜稽首（　），對揚王休（　）。作召公考（　），天子萬壽（　）。明明天子（　），令聞不已（　）。矢其文德（　），洽此四國（　）。

9.（總263）常武

赫赫明明，王命卿士，南仲大祖（　），大師皇父（　）。整我六師，以修我戎，既敬既戒（　），惠此南國（　）。

王謂尹氏，命程伯休父（　），左右陳行，戒我師旅（　）。率彼淮浦（　），省此徐土（　），不留不處（　），三事就緒（　）。

赫赫業業（　　），有嚴天子，王舒保作＿＿＿[61]。匪紹匪遊（　　），徐方繹騷（　　）。震驚徐方，如雷如霆（　　），徐方震驚（　　）。

王奮厥武（　　），如震如怒（　　）。進厥虎臣，闞如虓虎（　　）。鋪敦淮濆，仍執醜虜（　　）。截彼淮浦（　　），王師之所（　　）。

王旅嘽嘽（　　），如飛如翰（　　），如江如漢（　　）。如山之苞（　　），如川之流（　　）。綿綿翼翼（　　），不測不克（　　），濯征徐國（　　）。

王猶允塞（　　），徐方既來＿＿＿[62]。徐方既同（　　），天子之功（　　）。四方既平（　　），徐方來庭（　　）。徐方不回（　　），王曰還歸（　　）。

10.（總 264）瞻卬

瞻卬昊天，則不我惠＿＿＿[63]。孔填不寧〔　　〕，降此大厲（　　）。邦靡有定〔　　〕，士民其瘵（　　）。蟊賊蟊疾

....

[61] 「作」與「業」鐸、盍合韻，屬旁轉關係。

[62] 「來」與「塞」之、職通韻，屬陰、入正對轉關係。

[63] 「惠」與「厲、瘵」質、月合韻，屬次旁轉關係。

171

（　），靡有夷屆（　）。罪罟不收（　），靡有夷瘳（　）。

人有土田〔　〕，女反有（　）[64]之；人有民人〔　〕，女覆奪（　）之。此宜無罪〔　〕，女反收（　）[65]之；彼宜有罪〔　〕，女覆說（　）之。哲夫成城（　），哲婦傾城（　）。

懿厥哲婦，為梟為鴟（　）。婦有長舌，維厲之階（　）。亂匪降自天（　），生自婦人（　）。匪教匪誨（　），時維婦寺（　）。

鞫人忮忒（　），譖始竟背（　）。豈曰不極（　）？伊胡為慝（　）？如賈三倍〔　〕，君子是識（　），婦無公事〔　〕，休其蠶織（　）。

天何以刺〔　〕？何神不富（　）？舍爾介狄〔　〕，維予胥忌（　）[66]。不弔不祥〔　〕，威儀不類（　）。人之云亡〔　〕，邦國殄瘁（　）。

[64] 此章較為特殊，「有」與「收」隔三句交韻；「奪」與「說」亦隔三句交韻。

[65] 「收」與「有」幽、之合韻，屬近旁轉關係。

[66] 「忌」與「富」之、職通韻，屬陰、入正對轉關係。

天之降罔〔　〕，維其優（　）矣。人之云亡〔　〕，心之憂（　）矣。天之降罔〔　〕，維其幾（　）矣。人之云亡〔　〕，心之悲（　）矣。

　　觱沸檻泉，維其深（　）矣。心之憂矣，寧自今（　）矣？不自我先，不自我後（　）。藐藐昊天，無不克鞏（　）[67]。無忝皇祖，式救爾後（　）。

11.（總265）召旻

　　旻天疾威，天篤降喪（　）。瘨我饑饉，民卒流亡（　），我居圉卒荒（　）。

　　天降罪罟，蟊賊內訌（　）。昏椓靡共（　），潰潰回遹，實靖夷我邦（　）。

　　皋皋訿訿，曾不知其玷（　）。兢兢業業（　）[68]，孔填不寧，我位孔貶（　）。

　　如彼歲旱，草不潰茂（　）。如彼棲苴，我相此邦，無不潰止（　）[69]。

---

67 「鞏」與「後、後」東、侯通韻，屬陽、陰正對轉關係。

68 「業」與「玷、貶」盍、添合韻，屬對轉關係。

69 「止」與「茂」之、幽合韻，屬近旁轉關係。

維昔之富〔　　〕70，不如時（　）。維今之疚〔　〕，不如茲（　）。彼疏斯粺，胡不自替（　）？職兄斯引（　　）71。

池之竭〔　〕矣，不云自頻（　　）72；泉之竭〔　〕矣，不云自中（　）。溥斯害〔　〕矣，職兄斯弘（　　）73，不烖我躬（　）。

昔先王受命，有如召公，日辟國百里（　）。今也日蹙國百里（　）。於乎哀哉（　）！維今之人，不尚有舊（　）？

70「富」與「疚」職、之通韻，屬入、陰正對轉關係。

71「引」與「替」真、質通韻，屬陽、入正對轉關係。

72「頻」與「中」真、冬合韻。真、冬二部，甚少合韻，表示兩者關係疏遠。

73「弘」與「躬」蒸、冬合韻，屬近旁轉關係。

四 周頌

（一）清廟之什

1.（總266）清廟之什

於穆清廟，肅雝顯相。濟濟多士，秉文之德，對越在天，駿奔走在廟。不顯不承，無射於人斯。

2.（總267）維天之命

維天之命，於穆不已，於乎不顯，文王之德之純。假以溢我，我其收（　）之；駿惠我文王，曾孫篤（　　　）[1]之。

3.（總268）維清

維清緝熙，文王之典（　）。肇禋（　），迄用有成（　），維周之禎（　）。

4.（總269）烈文

烈文辟公（　），錫茲祉福，惠我無疆（　　）[2]。子孫保之。無封靡于爾邦〔　〕，維王其崇（　）之。念茲戎功

----

1 「篤」與「收」覺、幽通韻，屬入、陰正對轉關係。

2 「疆」與「公」陽、東合韻，屬近旁轉關係。

〔　〕，繼序其皇（　　　）³之。無競維人（　　），四方其訓（　　）之。不顯維德，百辟其刑（　　　）⁴之。於乎（　　）！前王不忘（　　）⁵。

5.（總270）天作

天作高山，大王荒（　　）之。彼作〔　　〕矣，文王康（　　）之。彼徂〔　　　〕⁶矣，岐有夷之行（　　）。子孫保之。

6.（總271）昊天有成命

昊天有成命，二后受之。成王不敢康，夙夜基命宥密。於緝熙，單厥心，肆其靖之。

7.（總272）我將

我將我享，維羊維牛（　　），維天其右（　　）之。儀式刑文王之典，日靖四方（　　）。伊嘏文王（　　），既右饗（　　）之。我其夙夜，畏天之威，于時保之。

---

3 「皇」與「崇」陽、冬合韻。陽、冬二部，甚少合韻，表示兩者關係疏遠。

4 「刑」與「人、訓」耕、真、諄合韻，屬次旁轉關係。

5 「忘」與「乎」陽、魚通韻，屬陽、陰正對轉關係。

6 「徂」與「作」魚、鐸通韻，屬陰、入正對轉關係。

8.（總 273）時邁

時邁其邦，昊天其子之，實右序有周，薄言震之，莫不震疊。懷柔百神，及河喬嶽，允王維后。明昭有周，式序在位。載戢干戈，載櫜弓矢。我求懿德，肆于時夏，允王保之。

9.（總 274）執競

執競武王（　　），無競維烈，不顯成康（　　　），上帝是皇（　　）。自彼成康（　　），奄有四方（　　），斤斤其明（　　）。鍾鼓喤喤（　　），磬筦將將（　　），降福穰穰（　　）。降福簡簡（　　），威儀反反（　　）。既醉既飽，福祿來反（　　）。

10.（總 275）思文

思文后稷〔　　〕，克配彼天（　　），立我烝民（　　），莫匪爾極〔　　〕。貽我來牟（　　），帝命率育＿＿＿（　　）[7]。無此疆爾界（　　），陳常于時夏＿＿＿（　　）[8]。

....

[7] 「育」與「牟」覺、幽通韻，屬入、陰正對轉關係。

[8] 「夏」與「界」魚、月合韻。魚、月二部，甚少合韻，表示兩者關係疏遠。

（二）臣工之什

1.（總276）臣工

嗟嗟臣工，敬爾在公，王釐爾成，來咨來茹。嗟嗟保介，維莫之春，亦又何求？如何新畬？於皇來牟，將受厥明，明昭上帝，迄用康年。命我眾人，庤乃錢鎛，奄觀銍艾。

2.（總277）噫嘻

噫嘻成王！既昭假爾，率時農夫，播厥百穀。駿發爾私，終三十里，亦服爾耕，十千維耦。

3.（總278）振鷺

振鷺于飛，于彼西雝（　　）。我客戾止，亦有斯容（　　）。在彼無惡（　　），在此無斁（　　）。庶幾夙夜（　　），以永終譽（＿＿＿）[9]。

4.（總279）豐年

豐年多黍多稌，亦有高廩，萬億及秭（　　）。為酒為醴（　　），烝畀祖妣（　　），以洽百禮（　　），降福孔皆（　　）。

---

[9] 「譽」與「惡、斁、夜」魚、鐸通韻，屬陰、入正對轉關係。

5.（總 280）有瞽

有瞽有瞽（　　），在周之庭〔　　〕[10]。設業設虡（　　），崇牙樹羽（　　）。應田縣鼓（　　），鞉磬柷圉（　　）。既備乃奏，簫管備舉（　　）。喤喤厥聲〔　　〕，肅雝和鳴〔　　〕。先祖是聽〔　　〕。我客戾止，永觀厥成〔　　〕。

6.（總 281）潛

猗與漆沮（　　），潛有多魚（　　）。有鱣有鮪（　　），鰷鱨鰋鯉（　　）。以享以祀（　　），以介景福＿＿＿[11]。

7.（總 282）雝

有來雝雝〔　　〕，至止肅肅（　　）。相維辟公〔　　〕，天子穆穆（　　）。於薦廣牡〔　　〕，相予肆祀（　　）。假哉皇考〔　　〕，綏予孝子（　　）。宣哲維人〔　　〕，文武維后（　　）。燕及皇天〔　　〕，克昌厥后（　　）。綏我眉壽〔　　〕，介以繁祉（　　）。既右烈考〔　　〕，亦右文母（　　）。

---

[10] 「庭」與「聲、鳴、聽、成」遙韻。顧炎武《日知錄・古詩用韻之法》卷二十一云：「有首提二韻，而下分二節承之，若〈有瞽〉之篇者。」

[11] 「福」與「鮪、鯉、祀」職、之通韻，屬入、陰正對轉關係。

8.（總283）載見

載見辟王（　　），曰求厥章（　　）。龍旂陽陽（　　），和鈴央央（　　）。鞗革有鶬（　　），休有烈光（　　）。率見昭考，以孝以享（　　）。以介眉壽，永言保之，思皇多祜（　　）。烈文辟公，綏以多福，俾緝熙于純嘏（　　）。

9.（總284）有客

有客有客，亦白其馬（　　）。有萋有且（　　），敦琢其旅（　　）。有客宿宿，有客信信，言授之縶，以縶其馬（　　）。薄言追（　　）之，左右綏（　　）之。既有淫威（　　），降福孔夷（　　）[12]。

10.（總285）武

於皇武王，無競維烈。允文文王，克開厥後。嗣武受之，勝殷遏劉，耆定爾功。

（三）閔予小子之什

1.（總 286）閔予小子

　　閔予小子（　　），遭家不造（＿＿＿＿）[13]，嬛嬛在疚（　　）。於乎皇考（　　），永世克孝（　　）。念茲皇祖，陟降庭（　　）止。維予小子，夙夜敬（　　）止。於乎皇王（　　），繼序思不忘（　　）。

2.（總 287）訪落

　　訪予落止（　　），率時昭考（＿＿＿＿）[14]。於乎悠哉〔　　〕！朕未有艾（＿＿＿＿）[15]。將予就之〔　　〕，繼猶判渙（　　）。維予小子〔　　〕，未堪家多難（　　）。紹庭上下（　　），陟降厥家（　　）。休矣皇考，以保明其身。

3.（總 288）敬之

　　敬之敬之（　　），天維顯思（　　），命不易哉（　　）！無曰高高在上，陟降厥士（　　），日監在茲（　　）。維予小子（　　），不聰敬止（　　）。日就月將（　　），學有緝熙于光明（　　）。佛時仔肩，示我顯德行（　　）。

---

[13] 「造」與「子、疚」幽、之合韻，屬近旁轉關係。

[14] 「考」與「止」幽、之合韻，屬近旁轉關係。

[15] 「艾」與「渙、難」月、元通韻，屬入、陽正對轉關係。

4.（總289）小毖

予其懲，而毖後患。莫予荓蜂，自求辛螫。肇允彼桃蟲，拚飛維鳥（　）。未堪家多難，予又集于蓼（　）。

5.（總290）載芟

載芟載柞（　），其耕澤澤（　）。千耦其耘（　），徂隰徂畛（　）。侯主侯伯（　），侯亞侯旅＿＿＿[16]。侯彊侯以（　），有嗿其饁，思媚其婦（　）。有依其士（　），有略其耜（　），俶載南畝（　）。播厥百穀，實函斯活（　）。驛驛其達（　），有厭其傑（　）。厭厭其苗（　），緜緜其麃（　）。載穫濟濟（　），有實其積，萬億及秭（　）。為酒為醴（　），烝畀祖妣（　），以洽百禮（　）。有飶其香（　），邦家之光（　）。有椒其馨（　），胡考之寧（　）。匪且有且，匪今斯今，振古如茲。

6.（總291）良耜

畟畟良耜（　），俶載南畝（　）。播厥百穀，實函斯活。或來瞻女（　），載筐及筥（　），其饟伊黍（　）。其笠伊糾（　），其鎛斯趙，以薅荼蓼（　）。荼蓼朽（　）止，黍稷茂（　）止。穫之挃挃（　），積之

---

16 「旅」與「伯」魚、鐸通韻，屬陰、入正對轉關係。

栗栗（　）。其崇如墉，其比如櫛（　），以開百室（　）。百室盈（　）止，婦子寧（　）止。殺時犉牡，有捄其角（　）。以似以續（　），續古之人。

7.（總292）絲衣

絲衣其紑（　），載弁俅俅（　　　）[17]。自堂徂基（　），自羊徂牛（　），鼐鼎及鼒（　）。兕觥其觩（　），旨酒思柔（　）。不吳不敖，胡考之休（　）。

8.（總293）酌

於鑠王師，遵養時晦，時純熙矣，是用大介。我龍受之，蹻蹻王之造，載用有嗣，實維爾公允師。

9.（總294）桓

綏萬邦，婁豐年，天命匪解。桓桓武王，保有厥士。于以四方，克定厥家。於昭于天，皇以間之。

10.（總295）賚

文王既勤止（　），我應受之（　）。敷時繹思〔　〕：我徂維求定（　），時周之命（　　　）[18]。於繹思〔　〕！

17 「俅」與「紑」幽、之合韻，屬近旁轉關係。

18 「命」與「定」真、耕合韻，屬近旁轉關係。

11.（總 296）般

於皇時周，陟其高山，墮山喬嶽，允猶翕河。敷天之
下，裒時之對，時周之命。

1.（總 297）駉

駉駉牡馬（　　　），在坰之野（　　　）。薄言駉者
（　　　），有驕有皇（　　　），有驪有黃（　　　），以車彭彭
（　　　）。思無疆（　　　），思馬斯臧（　　　）。

駉駉牡馬（　　　），在坰之野（　　　）。薄言駉者
（　　　），有騅有駓（　　　），有騂有騏（　　　），以車伾伾
（　　　）。思無期（　　　），思馬斯才（　　　）。

駉駉牡馬（　　　），在坰之野（　　　）。薄言駉者
（　　　），有驒有駱（　　　），有騮有雒（　　　），以車繹繹
（　　　）。思無斁（　　　），思馬斯作（　　　）。

駉駉牡馬（　　　），在坰之野（　　　）。薄言駉者
（　　　），有駰有騢（　　　），有驔有魚（　　　），以車祛祛
（　　　）。思無邪（　　　），思馬斯徂（　　　）。

2.（總 298）有駜

　　有駜有駜，駜彼乘黃（　　）。夙夜在公，在公明明
（　　）。振振鷺，鷺于下（　　）；鼓咽咽，醉言舞（　　）。
于胥樂〔　　〕兮。

　　有駜有駜，駜彼乘牡（　　）。夙夜在公，在公飲酒
（　　）。振振鷺，鷺于飛（　　）；鼓咽咽，醉言歸（　　）。
于胥樂〔　　〕兮。

　　有駜有駜，駜彼乘駽（　　）。夙夜在公，在公載燕
（　　）。自今以始（　　），歲其有（　　）。君子有穀，詒孫
子（　　）。于胥樂〔　　〕兮。

3.（總 299）泮水

　　思樂泮水，薄采其芹（　　）。魯侯戾止，言觀其旂
（　　）。其旂茷茷（　　），鸞聲噦噦（　　）。無小無大
（　　），從公于邁（　　）。

　　思樂泮水，薄采其藻〔　　〕。魯侯戾止，其馬蹻蹻
（　　）。其馬蹻蹻（　　），其音昭昭〔　　〕。載色載笑
（　　），匪怒伊教（　　）。

　　思樂泮水，薄采其茆（　　）。魯侯戾止，在泮飲酒
（　　）。既飲旨酒（　　），永錫難老（　　）。順彼長道
（　　），屈此群醜（　　）。

穆穆魯侯，敬明其德（　）。敬慎威儀，維民之則（　）。允文允武（　），昭假烈祖（　）。靡有不孝，自求伊祜（　）。

明明魯侯，克明其德（　）。既作泮宮，淮夷攸服（　）。矯矯虎臣，在泮獻馘（　）。淑問如皋陶（　），在泮獻囚（　）。

濟濟多士，克廣德心（　）。桓桓于征，狄彼東南（　）。烝烝皇皇（　），不吳不揚（　）。不告于訩（　），在泮獻功（　）。

角弓其觩（　），束矢其搜（　）。戎車孔博（　），徒御無斁（　）。既克淮夷，孔淑不逆（　）。式固爾猶，淮夷卒獲（　）。

翩彼飛鴞，集于泮林（　）。食我桑黮（　），懷我好音（　）。憬彼淮夷，來獻其琛（　）。元龜象齒，大賂南金（　）。

4.（總300）閟宮

閟宮有侐，實實枚枚（　）。赫赫姜嫄，其德不回（　）。上帝是依（　），無災無害，彌月不遲（　　）[1]。是

1 「遲」與「枚、回、依」脂、微合韻，屬近旁轉關係。

生后稷（　），降之百福（　）。黍稷重穋，稙稚菽麥（　）。奄有下國（　），俾民稼穡（　）。有稷有黍（　），有稻有秬（　）。奄有下土（　），纘禹之緒（　）。

后稷之孫，實維大王（　）。居岐之陽（　），實始翦商（　）。至于文武（　），纘大王之緒（　）。致天之居，于牧之野（　）。無貳無虞（　），上帝臨女（　）。敦商之旅（　），克咸厥功。

王曰叔父（　），建爾元子，俾侯于魯（　）。大啟爾宇（　），為周室輔（　）。乃命魯公（　），俾侯于東（　），錫之山川，土田附庸（　）。周公之孫，莊公之子（　）。龍旂承祀（　），六轡耳耳（　）。春秋匪解〔　〕，享祀不忒（　）。皇皇后帝〔　　〕²，皇祖后稷（　）。享以騂犧（　），是饗是宜（　），降福既多（　）。周公皇祖（　），亦其福女（　）。秋而載嘗（　），夏而楅衡（　），白牡騂剛（　），犧尊將將（　）。毛炰胾羹（　），籩豆大房（　），萬舞洋洋（　），孝孫有慶（　）。俾爾熾而昌（　），俾爾壽而臧

2 「帝」與「解」錫、支通韻，屬入、陰正對轉關係。

（　　），保彼東方（　　），魯邦是常（　　）。不虧不崩
（　　），不震不騰（　　），三壽作朋（　　），如岡如陵
（　　）。

　　公車千乘（　　），朱英綠縢（　　），二矛重弓（　　）。
公徒三萬，貝冑朱綬＿＿＿（　　）³。烝徒增增（　　），戎狄是膺
（　　）。荊舒是懲（　　），則莫我敢承（　　）。俾爾昌而熾
（　　），俾爾壽而富（　　）。黃髮台背（　　），壽胥與試
（　　）。俾爾昌而大（　　），俾爾耆而艾（　　）。萬有千歲
（　　），眉壽無有害（　　）。

　　泰山巖巖（　　），魯邦所詹（　　）。奄有龜蒙（　　），
遂荒大東（　　）。至于海邦（　　），淮夷來同（　　）。莫
不率從（　　），魯侯之功（　　）。

　　保有鳧繹（　　），遂荒徐宅（　　），至于海邦，淮夷蠻
貊（　　）。及彼南夷，莫不率從，莫敢不諾（　　），魯侯
是若（　　）。

　　天錫公純嘏（　　），眉壽保魯（　　），居常與許
（　　），復周公之宇（　　）。魯侯燕喜（　　），令妻壽母

- - - - - - - - - - - -

³ 「綬」與「增、膺、懲、承」侵、蒸合韻，屬旁轉關係。

（　　），宜大夫庶士（　　），邦國是有（　　），既多受祉（　　），黃髮兒齒（　　）。

　　徂來之松，新甫之柏（　　），是斷是度（　　），是尋是尺（　　）。松桷有舄（　　），路寢孔碩（　　），新廟奕奕（　　）。奚斯所作（　　），孔曼且碩（　　），萬民是若（　　）。

六　商　頌

1.（總301）那

猗與那與（　）！置我鞉鼓（　）。奏鼓簡簡，衎我烈祖（　）。湯孫奏假（　），綏我思成（　）。鞉鼓淵淵，嘒嘒管聲（　）。既和且平（　），依我磬聲（　）。於赫湯孫，穆穆厥聲（　）。庸鼓有斁（　），萬舞有奕（　）。我有嘉客（　），亦不夷懌（　）。自古在昔（　），先民有作（　），溫恭朝夕（　），執事有恪（　）。顧予烝嘗（　），湯孫之將（　）。

2.（總302）烈祖

嗟嗟烈祖（　）！有秩斯祜（　）。申錫無疆，及爾斯所（　）。既載清酤（　），賚我思成（　）。亦有和羹，既戒既平（　）。鬷假無言，時靡有爭（　）。綏我眉壽，黃耇無疆（　）。約軝錯衡（　），八鸞鶬鶬（　），以假以享（　）。我受命溥將（　），自天降康（　），豐年穰穰（　）。來假來饗（　），降福無疆（　）。顧予烝嘗（　），湯孫之將（　）。

3.（總303）玄鳥

天命玄鳥，降而生商（　），宅殷土芒芒（　）。古帝命武湯（　），正域彼四方（　）。方命厥后〔　〕，奄有九有（　）。商之先后〔　〕，受命不殆（　），在武丁孫子（　）。武丁孫子（　），武王靡不勝（　）。龍旂十乘（　），大糦是承（　）。邦畿千里（　），維民所止（　），肇域彼四海（　）。四海來假，來假祁祁（　）[1]。景員維河（　），殷受命咸宜（　），百祿是何（　）。

4.（總304）長發

濬哲維商（　），長發其祥（　）。洪水芒芒（　），禹敷下土方（　）。外大國是疆（　），幅隕既長（　）。有娀方將（　），帝立子生商（　）。

玄王桓撥（　），受小國是達（　），受大國是達（　）。率履不越（　），遂視既發（　）。相土烈烈（　），海外有截（　）。

帝命不違（　）[2]，至于湯齊（　）。湯降不遲（　），聖敬日躋（　）。昭假遲遲（　），上帝是祇（　），帝命式于九圍（　）[3]。

....

1 「祁」與「河、宜、何」脂、歌合韻，屬次旁轉關係。

2 「違」與「齊、遲、躋」微、脂合韻，屬近旁轉關係。

3 「圍」與「遲、祇」微、脂合韻，屬近旁轉關係。

受小球大球（　　），為下國綴旒（　　），何天之休（　　）。不競不絿（　　），不剛不柔（　　）。敷政優優（　　），百祿是遒（　　）。

受小共大共（　　），為下國駿厖（　　）。何天之龍（　　），敷奏其勇（　　）。不震不動（　　），不戁不竦（　　），百祿是總（　　）。

武王載旆（　　），有虔秉鉞（　　）。如火烈烈（　　），則莫我敢曷（　　）。苞有三糵（　　），莫遂莫達（　　）。九有有截（　　），韋顧既伐（　　），昆吾夏桀（　　）。

昔在中葉（　　），有震且業_____（　　）[4]。允也天子（　　），降予卿士（　　）。實維阿衡（　　），實左右商王（　　）。

5.（總305）殷武

撻彼殷武（　　），奮伐荊楚（　　）。罙入其阻（　　），裒荊之旅（　　）。有截其所（　　），湯孫之緒（　　）。

維女荊楚，居國南鄉（　　）。昔有成湯（　　），自彼氐羌（　　），莫敢不來享（　　），莫敢不來王（　　）。曰商是常（　　）。

....

[4] 「業」與「葉」盍、怗合韻，屬旁轉關係。

ㄊㄧㄢ ㄇㄧㄥˋ ㄉㄨㄛ ㄅㄧˋ
天命多辟（ 　 ），

ㄕㄜˋ ㄉㄨ ㄩˊ ㄩˇ ㄓ ㄐㄧ
設都于禹之績（ 　 ）。

ㄙㄨㄟˋ ㄕˋ ㄌㄞˊ ㄅㄧˋ
歲事來辟

（ 　 ），

ㄨˋ ㄩˇ ㄏㄨㄛˋ ㄓㄜˊ
勿予禍適（ 　 ），

ㄐㄧㄚˋ ㄙㄜˋ ㄈㄟˇ ㄒㄧㄝˋ
稼穡匪解 _____ [5]。

ㄊㄧㄢ ㄇㄧㄥˋ ㄐㄧㄤˋ ㄐㄧㄢ
天命降監（ 　 ），

ㄒㄧㄚˋ ㄇㄧㄣˊ ㄧㄡˇ ㄧㄢˊ
下民有嚴（ 　 ）。

ㄅㄨˋ ㄐㄧㄢˋ ㄅㄨˋ ㄌㄢˋ
不僭不濫

（ 　 ），

ㄅㄨˋ ㄍㄢˇ ㄉㄞˋ ㄏㄨㄤˊ
不敢怠遑 _____ [6]。

ㄇㄧㄥˋ ㄩˊ ㄒㄧㄚˋ ㄍㄨㄛˊ
命于下國（ 　 ），

ㄈㄥ ㄐㄧㄢˋ ㄐㄩㄝˊ ㄈㄨˊ
封建厥福

（ 　 ）。

ㄕㄤ ㄧˋ ㄧˋ ㄧˋ
商邑翼翼（ 　 ），

ㄙˋ ㄈㄤ ㄓ ㄐㄧˊ
四方之極（ 　 ）。

ㄏㄜˋ ㄏㄜˋ ㄐㄩㄝˊ ㄕㄥ
赫赫厥聲（ 　 ），

ㄓㄨㄛˊ ㄓㄨㄛˊ ㄐㄩㄝˊ ㄌㄧㄥˊ
濯濯厥靈（ 　 ）。

ㄕㄡˇ ㄎㄠˇ ㄑㄧㄝˇ ㄋㄧㄥˊ
壽考且寧（ 　 ）。

ㄧˇ ㄅㄠˇ ㄨㄛˇ ㄏㄡˋ ㄕㄥ
以保我後生（ 　 ）。

ㄓˊ ㄅㄧˇ ㄐㄧㄥˇ ㄕㄢ
陟彼景山（ 　 ），

ㄙㄨㄥ ㄅㄛˊ ㄨㄢˊ ㄨㄢˊ
松栢丸丸（ 　 ）。

ㄕˋ ㄉㄨㄢˋ ㄕˋ ㄑㄧㄢ
是斷是遷（ 　 ），

ㄈㄤ ㄓㄨㄛˊ ㄕˋ ㄑㄧㄢˊ
方斲是虔（ 　 ）。

ㄙㄨㄥ ㄐㄩㄝˊ ㄧㄡˇ ㄊㄧㄥˇ
松桷有梴（ 　 ），

ㄌㄩˇ ㄧㄥˊ ㄧㄡˇ ㄒㄧㄢˊ
旅楹有閑（ 　 ），

ㄑㄧㄣˇ
寢

ㄔㄥˊ ㄎㄨㄥˇ ㄢ
成孔安（ 　 ）。

---

5 「解」與「適」支、錫通韻，屬陰、入正對轉關係。

6 「遑」與「監、嚴、濫」陽、談合韻，屬旁轉關係。

（一）各家古韻分部及其擬音表

1. 董、王、陳三家古韻分部對照表[1]

董同龢 廿二部	王力 三十部	陳新雄 卅二部
之	之	之
	職	職
蒸	蒸	蒸
幽	幽	幽
	覺	覺
中	冬	冬
宵	宵	宵
	藥	藥
侯	侯	侯
	屋	屋
東	東	東
魚	魚	魚
	鐸	鐸
陽	陽	陽
佳	支	支
	錫	錫

------

[1]　韻部順序按照《詩經》押韻的遠近排列，先陰[入]後陽，始「之」終「談」。

董同龢 廿二部	王力 三十部	陳新雄 卅二部
耕	耕	耕
脂	脂	脂
	質	質
真	真	真
微	微	微
	物	沒
文	文	諄
歌	歌	歌
祭	月	月
元	元	元
緝	緝	緝
侵	侵	侵
葉	盍	盍
		怗
談	談	談
		添

2. 李方桂古韻廿二部擬音表[2]

分類　＼　韻部	陰[入]	陽
一	01. 之 əg、[職 ək]	02. 蒸 əng
二	03. 幽 əgw、[覺 əkw]	04. 中 əngw
三	05. 宵 agw、[藥 akw]	○
四	06. 侯 ug、[屋 uk]	07. 東 ung
五	08. 魚 ag、[鐸 ak]	09. 陽 ang
六	10. 佳 ig、[錫 ik]	11. 耕 ing
七	12. 歌 ar	（與元 an 通）
八	13. 脂 id、[質 it]	14. 真 in
九	15. 微 ər、əd、[物 ət]	16. 文 ən
十	17. 祭 ad、[月 at]	18. 元 an
十一	19. 葉 ap	20. 談 am
十二	21. 緝 əp	22. 侵 əm

....

2　李方桂之擬音較董同龢合理，故以李氏之擬音取代之。惟分部次序仍依董氏。

3. 王力古韻卅部擬音表[3]

韻部 分類	陰	入	陽
一	01. 之 ə	10. 職 ək	21. 蒸 əŋ
二	02. 幽 u	11. 覺 uk	（冬 uŋ）[4]
三	03. 宵 o	12. 藥 ok	○
四	04. 侯 ɔ	13. 屋 ɔk	22. 東 ɔŋ
五	05. 魚 a	14. 鐸 ak	23. 陽 aŋ
六	06. 支 e	15. 錫 ek	24. 耕 eŋ
七	07. 脂 ei	16. 質 et	25. 真 en
八	08. 微 əi	17. 物 ət	26. 文 ən
九	09. 歌 ai	18. 月 at	27. 元 an
十	○	19. 緝 əp	28. 侵 əm
十一	○	20. 盍 ap	29. 談 am

....

[3] 韻部順序按照王力《詩經韻讀》。

[4] 王力認為《詩經》韻部應分二十九部，後冬部自侵部分出，故戰國時代應為三十部。

4. 陳新雄古韻卅二部擬音表

分類＼韻部	陰	入	陽
一	01. 歌 ai	02. 月 at	03. 元 an
二	04. 脂 ɐi	05. 質 ɐt	06. 真 ɐn
三	07. 微 əi	08. 沒 ət	09. 諄 ən
四	10. 支 ɐ	11. 錫 ɐk	12. 耕 ɐŋ
五	13. 魚 a	14. 鐸 ak	15. 陽 aŋ
六	16. 侯 au	17. 屋 auk	18. 東 auŋ
七	19. 宵 ɐu	20. 藥 ɐuk	○
八	21. 幽 əu	22. 覺 əuk	23. 冬 əuŋ
九	24. 之 ə	25. 職 ək	26. 蒸 əŋ
十	○	27. 緝 əp	28. 侵 əm
十一	○	29. 怗 ɐp	30. 添 ɐm
十二	○	31. 盍 ap	32. 談 am

（二）古韻卅二部韻字、諧聲表[5]

第一類：歌、月、元

1. 歌 部

　　毛詩韻字表：他、加、可、它、左、瓦、皮、地、多、扡、池、佐、何、佗、吡、吹、我、沙、那、和、宜、沱、河、波、阿、陂、俄、施、為、珈、娑、峩、差、破、掎、猗、紽、荷、莪、蛇、訛、麻、傞、椅、罝、賀、嗟、過、馳、嘉、歌、瑳、禍、儀、瘥、磋、駕、磨、罹、錡、縭、薖、離、鯊、羅、羆、靡、議、儺、犠。

　　諧聲偏旁表：匕聲、也聲、化聲、加聲、可聲、它聲、左聲、瓦聲、皮聲、禾聲、多聲、吹聲、我聲、沙聲、那聲、宜聲、咼聲、為聲、哥聲、差聲、离聲、麻聲、罝聲、義聲、罷聲、罹聲、羲聲、羅聲、儺聲。

2. 月 部

　　毛詩韻字表：大、月、世、外、伐、舌、艾、兌、吠、佸、怛、拔、泄、肺、茇、拜、括、曷、活、界、祋、茷、害、帨、挩、旆、桰、桀、烈、威、秣、筏、偈、帶、愒、掇、敗、晢、晣、脫、設、逝、雪、傑、喙、愒、揭、渴、發、越、軷、歲、滅、羍、葛、達、鉞、勚、奪、徹、截、揭、竭、說、厲、撥、撮、衛、褐、閱、髮、噦、憩、濊、瘵、蕨、邁、闊、駾、幭、闕、薑、蹶、孽、顪、闡。

　　諧聲偏旁表：乂聲、大聲、月聲、世聲、外聲、市聲、戉聲、末聲、犮聲、伐聲、列聲、舌聲、兌聲、吠聲、寽聲、折聲、叕聲、怛聲、拜聲、曷聲、活聲、界聲、祋聲、奎聲、害聲、桀聲、欮聲、威聲、帶聲、敗聲、祭聲、設聲、雪聲、厥聲、喙聲、最聲、發聲、歲聲、羍聲、奪聲、徹聲、截聲、厲聲、蔑聲、衛聲、憩聲、薛聲、薑聲。

....

[5] 諧聲表所收錄之諧聲偏旁，以《詩經》之韻腳字為限。

3. 元 部

毛詩韻字表：丸、山、干、反、屮、弁、旦、安、汕、完、罕、見、言、阪、卷、岸、板、泮、肩、冠、咺、垣、宣、彥、怨、泉、衍、衎、原、宴、展、悁、㳿、晏、虔、軒、乾、婉、焉、祥、貫、連、單、媛、援、梴、殘、渙、然、番、菅、閑、閒、間、雁、亂、亶、僊、園、嫄、愆、痯、粲、羨、貆、僩、嘆、慢、愽、薄、漢、漣、筵、管、綣、遠、儇、嘽、墠、寬、翬、幡、麀、樊、歎、洞、熯、踐、遷、鴈、憲、嬏、燕、翰、蕃、萠、諫、諼、選、餐、館、壎、檀、環、癉、繁、還、鍛、騆、鮮、簡、轉、顏、鬈、藩、關、難、願、獻、霰、爛、變、巘、欒、蠻。

諧聲偏旁表：厂聲、丸聲、山聲、干聲、丹聲、元聲、反聲、屮聲、半聲、夗聲、弁聲、旦聲、亘聲、安聲、晏聲、冒聲、見聲、言聲、奻聲、卷聲、官聲、宛聲、延聲、戔聲、肩聲、冠聲、奐聲、彥聲、柬聲、段聲、泉聲、爰聲、衍聲、軌聲、原聲、展聲、虔聲、袁聲、蜃聲、狀聲、專聲、曼聲、焉聲、貫聲、連聲、單聲、散聲、㮤聲、番聲、莧聲、閑聲、閒聲、間聲、臝聲、亶聲、漢聲、僊聲、麀聲、憲聲、燕聲、選聲、虜聲、壎聲、環聲、繁聲、還聲、轟聲、絲聲、難聲、絆聲。

第二類：脂、質、真

4. 脂 部

毛詩韻字表：几、匕、尸、比、氐、矢、夷、旨、死、底、姒、弟、私、佽、兕、坻、妻、姊、泥、沛、祁、姨、屎、指、施、毗、泚、皆、眉、祈、祗、美、師、棘、涕、砥、秭、紕、脂、茨、羡、迷、飢、偕、淒、喈、棲、湄、湝、犀、萋、視、郿、階、葵、資、爾、脄、薺、齊、履、稺（稚）、黎、遲、鴟、懠、濔、濟、穉、隮、褮、禮、薺、邇、穧、駸、瀰、蠐、醴、躋、體、鱧。

諧聲偏旁表：几聲、匕聲、厶聲、尸聲、比聲、爾聲、尼聲、氐聲、矢聲、示聲、朮聲、夷聲、旨聲、次聲、死聲、米聲、尾聲、弟聲、兕聲、妻聲、劾聲、屎聲、施聲、泚聲、癸聲、皆聲、眉聲、祈聲、美聲、犀聲、師

聲、耆聲、毘聲、犀聲、視聲、豊聲、爾聲、齊聲、履聲、黎聲。

5. 質 部

毛詩韻字表：一、七、匹、日、四、穴、吉、至、血、利、即、抑、季、屆、怭、戾、畀、垤、室、恤、挃、怭、洫、泌、栗、駜、疾、秩、密、悸、棄、淠、窒、惠、替、棣、結、耋、袺、逮、逸、慄、瑟、節、肆、閟、嘒、實、漆、噎、駉、曀、嚏、櫛、穗、翳、闋、韠、襭。

諧聲偏旁表：一聲、七聲、匹聲、日聲、凵聲、四聲、失聲、必聲、穴聲、吉聲、由聲、至聲、血聲、利聲、即聲、抑聲、季聲、屆聲、戾聲、畀聲、隶聲、栗聲、疾聲、彗聲、桼聲、棄聲、殹聲、畢聲、壹聲、惠聲、替聲、肆聲、實聲、寁聲。

6. 真 部

毛詩韻字表：人、千、仁、天、引、令、民、玄、田、申、年、旬、臣、均、甸、身、典、命、泯、信、姻、洵、矜、胤、苓、倩、神、堅、淵、莘、陳、鈞、填、新、溱、詢、零、電、塵、榛、盡、禋、粼、蓁、賓、翩、賢、鄰、臻、親、頻、駰、濱、薪、燼、闐、顛、蘋、巔、麟。

諧聲偏旁表：人聲、千聲、仁聲、勻聲、天聲、引聲、令聲、民聲、玄聲、田聲、申聲、因聲、旬聲、臣聲、甸聲、身聲、辛聲、宷聲、典聲、命聲、臦聲、亲聲、信聲、垔聲、扁聲、矜聲、胤聲、夌聲、倩聲、真聲、秦聲、胐聲、粦聲、電聲、塵聲、盡聲、賓聲、頻聲。

第三類：微、沒、諄

7. 微 部

毛詩韻字表：水、火、回、衣、尾、依、枚、哀、威、畏、飛、豈、追、唯、崔、惟、推、晞、圍、幾、悲、敦、腓、菲、萎、嵬、微、煒、綏、罪、葦、違、雷、頎、摧、維、幾、隤、遺、霏、頹、燬、薇、歸、騑、壞、懷、藟、彙、罍、韡、靁。

諧聲偏旁表：水聲、火聲、回聲、衣聲、𣥂聲、尾聲、希聲、委聲、枚聲、隹聲、非聲、威聲、畏聲、韋聲、敳聲、飛聲、鬼聲、幾聲、貴聲、毀

聲、綏聲、罪聲、雷聲、顛聲、晶聲、臺聲、裏聲、頹聲。

8. 沒 部

毛詩韻字表：內、仡、出、弗、位、沒、卒、妹、忽、拂、律、茀、述、悖、退、塈、寐、渭、溉、萃、愛、瘁、遂、匱、對、僾、潰、蔚、誶、醉、謂、隧、襚、檖、懟、類。

諧聲偏旁表：乞聲、內聲、勿聲、出聲、弗聲、未聲、术聲、聿聲、位聲、孛聲、沒聲、忿聲、卒聲、豕聲、既聲、胃聲、退聲、尉聲、貴聲、愛聲、對聲、頪聲。

9. 諄 部

毛詩韻字表：川、巾、云、先、存、君、忍、犰、辰、困、奔、昆、昏、欣、芬、芹、門、春、殄、洒、盼、員、孫、振、旂、殷、涗、畛、耘、訓、淳、問、晨、淪、貧、焚、焞、錞、閔、雰、雲、順、飧、勤、壼、慍、煇、群、詵、隕、堇、慇、湣、熏、聞、璊、縜、輪、遯、錞、艱、鶉、薗、鰥、亹。

諧聲偏旁表：刃聲、川聲、巾聲、云聲、允聲、分聲、屯聲、文聲、斤聲、今聲、先聲、存聲、艮聲、免聲、君聲、辰聲、侖聲、困聲、昆聲、昏聲、門聲、洒聲、軍聲、員聲、孫聲、殷聲、罙聲、盥聲、繭聲、堇聲、焚聲、賁聲、飧聲、壼聲、熏聲、豚聲、臺聲、亹聲。

第四類：支、錫、耕

10. 支 部

毛詩韻字表：支、氏、伎、圭、卑、枝、知、疧、祇、柴、提、斯、解、雌、簁、攜、觿。

諧聲偏旁表：支聲、氏聲、圭聲、此聲、卑聲、知聲、是聲、虒聲、斯聲、解聲、巂聲。

11. 錫 部

毛詩韻字表：厄、狄、刺、易、帝、剔、益、脊、惕、擿、晳、辟、髢、翟[6]、蜴、裼、適、錫、簀、績、踖、璧、甓、謫、鵙、鷊。

諧聲偏旁表：厄聲、狄聲、刺聲、易聲、析聲、帝聲、益聲、脊聲、責聲、辟聲、翟聲、鵙聲、鬲聲。

12. 耕 部

毛詩韻字表：丁、平、正、生、刑、名、成、姓、定、征、爭、青、城、屏、政、星、牲、盈、苹、冥、庭、涇、旌、清、笙、甥、程、菁、傾、敬、楨、楹、睘、經、聘、寧、禎、醒、領、鳴、潁、瑩、霆、贏、縈、營、馨、聲、騁、嚶、馨、聽、驚、靈。

諧聲偏旁表：丁聲、令聲、平聲、正聲、生聲、名聲、开聲、成聲、呈聲、廷聲、至聲、粤聲、定聲、幷聲、爭聲、青聲、盈聲、貞聲、冥聲、殸聲、頃聲、熒聲、敬聲、睘聲、熒聲、鳴聲、嬰聲、霝聲。贏聲、聽聲。

第五類：魚、鐸、陽

13. 魚 部

毛詩韻字表：下、土、女、予、五、午、夫、戶、父、牙、且、乎、去、古、瓜、吁、吐、宇、羽、助、杜、甫、芋、車、邪、呱、呼、固、居、岵、帤、徂、怙、所、武、沮、狐、盱、者、股、舍、虎、阻、雨、俣、怒、故、洳、胡、胥、苦、苴、胯、圉、夏、娛、家、徒、旅、書、栩、浦、烏、砠、祖、祜、租、秬、紓、素、罝、罟、羖、茹、訏、釜、除、馬、假、圉、堵、屠、御、扈、据、渚、絇、組、笯、脯、荼、處、祛、許、犴、都、野、魚、壺、斝、暑、椐、渠、湑、琚、痡、舒、華、葫、著、虛、辜、酤、黍、塗、暇、楚、瑕、瘏、筥、葭、虜、虞、補、鼓、鼠、毼、圖、寡、滸、緒、與、舞、蒲、廣、語、輔、寫、憮、樗、

稼、膚、賦、鋪、餘、魯、噓、據、禦、豫、踽、闍、舉、輿、鹽、瞽、
瞿、蔛、虋、廬、蘆、駅、鱱、旟、蘇、譽、顧、鱮。

　　諧聲偏旁表：下聲、于聲、亏聲、土聲、女聲、予聲、五聲、午聲、夫
聲、巴聲、戶聲、殳聲、父聲、牙聲、且聲、乎聲、去聲、古聲、奴聲、宁
聲、巨聲、瓜聲、疋聲、如聲、虍聲、余聲、吳聲、吾聲、呂聲、甫聲、車
聲、武聲、者聲、舍聲、虎聲、雨聲、叚聲、禹聲、夏聲、家聲、徒聲、旅
聲、書聲、烏聲、素聲、异聲、釜聲、馬聲、圉聲、御聲、魚聲、壺聲、罦
聲、無聲、華聲、豦聲、鼓聲、鼠聲、圖聲、寡聲、與聲、廣聲、寫聲、盧
聲、瞿聲。

14. 鐸　部

　　毛詩韻字表：夕、尺、白、石、宅、伯、作、夜、昔、炙、咢、奕、
客、度、弈、恪、柏、柘、柞、若、射、席、栢、格、逆、庶、莫、博、
惡、戟、烏、酢、綌、落、貉、貊、路、廓、愬、碩、蓆、赫、閣、雒、
踖、懌、槖、澤、諾、錯、駱、斁、斁、濩、獲、臄、薄、謝、穫、繹、
籍、藿、擇、鞹、鐸、露。

　　諧聲偏旁表：乇聲、夕聲、尺聲、乍聲、白聲、石聲、亦聲、各聲、屰
聲、百聲、亞聲、昔聲、炙聲、若聲、射聲、朔聲、庶聲、莫聲、郭聲、博
聲、戟聲、烏聲、溥聲、睪聲、綌聲、豦聲、耤聲、蒦聲、赫聲、霍聲、斁
聲。

15. 陽　部

　　毛詩韻字表：上、亡、卬、方、王、兄、央、永、仰、伉、光、向、
羊、行、亨、兵、忘、抗、狂、良、芒、防、享、京、兩、尚、岡、庚、
往、恀、房、斨、昌、明、杭、泱、泳、牀、罔、羌、長、姜、洋、洸、
皇、相、紡、英、香、倉、剛、卿、唐、旁、桑、牂、狼、珩、荒、商、
堂、將、常、康、張、望、梁、梗、涼、爽、痒、祥、章、傍、喤、喪、
場、彭、掌、揚、景、湯、粻、筐、翔、貺、鄉、陽、雱、黃、傷、楊、
煌、盟、粱、腸、觥、詳、遑、頏、嘗、瑲、糧、綱、臧、蒼、裳、廣、
慶、漿、璋、箱、壺、養、魴、疆、蕩、螗、衡、牆、襄、蹌、錫、霜、
簧、糧、藏、疆、羹、鏘、鎗、滰、競、饗、鶬、囊、穰、讓。

諧聲偏旁表：上聲、亡聲、凵聲、亢聲、刅聲、印聲、方聲、爿聲、王聲、丙聲、兄聲、央聲、永聲、仰聲、光聲、匡聲、向聲、㐬聲、网聲、羊聲、行聲、呈聲、亨聲、兵聲、忘聲、更聲、皀聲、良聲、享聲、京聲、兩聲、尚聲、岡聲、庚聲、往聲、戕聲、昌聲、明聲、長聲、易聲、相聲、郎聲、香聲、倉聲、唐聲、旁聲、桑聲、將聲、康聲、梁聲、爽聲、章聲、喪聲、彭聲、鄉聲、量聲、黃聲、畺聲、盟聲、望聲、臧聲、慶聲、牆聲、豎聲、襄聲、羹聲、競聲。

第六類：侯、屋、東

16. 侯 部

毛詩韻字表：口、斗、殳、主、句、后、豆、具、取、附、侮、侯、厚、味、垢、奏、姝、後、枸、者、株、芻、逅、務、婁、笱、愉、揄、楰、渝、隅、飫、媾、愈、愚、榆、漏、瘉、數、樞、蔞、諏、趣、駒、樹、孺、濡、覯、趨、鍭、餱、飇、醹、驅、躕。

諧聲偏旁表：口聲、斗聲、殳聲、主聲、付聲、句聲、后聲、朱聲、豆聲、具聲、取聲、臾聲、侮聲、侯聲、厚聲、奏聲、後聲、敄聲、禺聲、菁聲、芻聲、區聲、婁聲、扁聲、冓聲、飫聲、需聲。

17. 屋 部

毛詩韻字表：卜、木、玉、曲、局、束、沐、角、谷、足、屋、辱、族、鹿、椓、渥、粟、祿、裕、霂、僕、獄、綠、楸、穀、霂、濁、獨、轂、賣、屬、續、讀。

諧聲偏旁表：卜聲、木聲、玉聲、曲聲、局聲、束聲、木聲、角聲、谷聲、足聲、屋聲、辱聲、族聲、彔聲、豕聲、鹿聲、粟聲、業聲、霂聲、獄聲、欶聲、㱿聲、蜀聲、賣（賣）聲。

18. 東 部

毛詩韻字表：丰、公、凶、充、功、卭、用、共、同、攻、邦、東、松、空、勇、尨、巷、恫、重、容、恭、茸、訌、送、動、哞、庸、從、控、訟、訩、逢、童、竦、傭、葑、雍、僮、墉、蒙、誦、樅、蓬、衝、

調、鞏、龍、曚、濛、縫、總、罿、聰、豐、豵、雙、䍀、顒、鏽、龐、鐘、麗、饔。

諧聲偏旁表：工聲、丰聲、从聲、公聲、凶聲、充聲、用聲、共聲、同聲、夆聲、尨聲、甬聲、奉聲、東聲、封聲、重聲、冡聲、容聲、送聲、邕聲、庸聲、悤聲、童聲、𣂪聲、雍聲、調聲、豐聲、雙聲、顒聲。

第七類：宵、藥

19. 宵 部

毛詩韻字表：刀、小、夭、少、弔、毛、召、刉、牢、到、沼、芼、恌、昭、炤、苕、苗、要、郊、倒、悄、旄、桃、消、笑、嫯、高、巢、敖、教、曹、皎、紹、傚、勞、喬、旐、朝、毃、盜、搖、照、蔞、號、僚、謷、嘌、摽、漂、瑤、臍、膏、蒿、遙、曉、廟、潦、麃、懆、燎、蔉、僛、謠、瀌、翹、鎬、譙、藻、飄、囂、驕、鑣、鷮。

諧聲偏旁表：刀聲、小聲、夭聲、少聲、弔聲、毛聲、召聲、交聲、兆聲、牢聲、肖聲、到聲、肴聲、苗聲、要聲、㑩聲、笑聲、高聲、巢聲、敖聲、教聲、曹聲、票聲、勞聲、喬聲、堯聲、尞聲、朝聲、焦聲、盜聲、梟聲、號聲、麃聲、囂聲。

20. 藥 部

毛詩韻字表：沃、的、削、虐、悼、溺、罩、較、熇、綽、翟[7]、暴、樂、鬻、謔、駁、濯、爵、曜、藐、櫟、藥、蹻、襮、躍、籥、鑿。

諧聲偏旁表：勺聲、沃聲、肖聲、卓聲、虐聲、弱聲、較聲、翟聲、暴聲、樂聲、駁聲、爵聲、龠聲、貌聲、蹻聲、鐅聲。

<hr />

[7] 「翟」，《廣韻》「場伯切」，入藥部；又「徒歷切」，入錫部。

第八類：幽、覺、冬

21. 幽 部

毛詩韻字表：仇、手、包、卯、囚、戊、矛、休、好、收、朽、牟、缶、老、考、舟、孚、孝、求、牡、阜、秀、究、受、周、呦、咎、�、恘、怮、抽、昊、杻、糾、阜、俅、保、冒、幽、昂、柔、柳、洲、流、炮、狩、秋、苞、茂、茅、茆、軌、酋、韭、首、叟、栲、浮、臭、草、荍、蚤、酒、匏、售、埽、悠、掃、救、條、球、聊、脩、莠、袍、述、造、陶、鳥、報、就、旒、棗、椒、游、猶、皓、罦、逑、慆、慅、搜、滔、綠、絛、舅、裒、輈、遊、迺、道、飽、鳩、壽、慅、漕、綢、蜩、褠、觡、誘、劉、憂、櫌、稻、罶、膠、蓼、褒、銶、鴞、瘳、蕭、蹂、優、擣、簋、蹈、醜、懰、囊、瀟、禱、寶、翿、騷、醻、鼜、犨、讎。

諧聲偏旁表：丂聲、丩聲、九聲、丑聲、手聲、弔聲、包聲、卯聲、囚聲、戊聲、矛聲、休聲、好聲、守聲、州聲、收聲、汓聲、牟聲、缶聲、老聲、考聲、臼聲、舟聲、㕥聲、丣聲、孚聲、孝聲、攸聲、求聲、牡聲、阜聲、秀聲、酉聲、匋聲、周聲、呦聲、咎聲、恘聲、昊聲、阜聲、保聲、冒聲、幽聲、秋聲、酋聲、韭聲、首聲、叟聲、留聲、臭聲、舀聲、早聲、蚤聲、埽聲、翏聲、造聲、鳥聲、報聲、就聲、棗聲、椒聲、雷聲、皓聲、逑聲、壽聲、劉聲、憂聲、蕭聲、雔聲、簋聲。

22. 覺 部

毛詩韻字表：六、夙、告、育、菊、毒、迪、俶、畜、祝、宿、戚、淑、陸、復、肅、菽、軸、奧、腹、蓫、歗、穆、穋、篤、燠、薁、鞠、繡、覆、蹙、鞫、鵠、覺。

諧聲偏旁表：六聲、夙聲、圥聲、竹聲、肉聲、告聲、匊聲、叔聲、叔聲、坴聲、复聲、毒聲、迪聲、畜聲、祝聲、翏聲、戚聲、翏聲、逐聲、肅聲、軸聲、奧聲、學聲、鞠聲。

23. 冬 部

毛詩韻字表：中、冬、仲、戎、宋、忡、沖、宗、降、宮、躬、崇、終、湡、窮、濃、融、蟲、螽。

諧聲偏旁表：中聲、冬聲、戎聲、宋聲、夅聲、宗聲、躬（躳）聲、眾聲、農聲、蟲聲。

第九類：之、職、蒸

24. 之 部

毛詩韻字表：又、久、士、子、已、才、之、友、尤、止、牛、丘、仕、以、史、右、母、在、字、寺、岠、有、汜、耳、似、伾、否、忌、李、杞、沚、玖、矣、芑、里、事、佩、使、來、侑、其、始、治、疚、祀、采、俟、哉、思、怠、恃、殆、洧、祉、紀、耔、苢、負、倍、勒、姬、宰、悔、時、海、涘、畝、秠、紑、恥、能、茲、蚩、起、偲、基、婦、敏、晦、梅、梓、淇、理、耛、試、趾、喜、媒、期、痗、絲、萊、貽、郵、嗣、塒、裘、裡、詩、載、飴、儆、箕、臺、誨、貍、鋷、駓、齒、謀、鼒、龜、鮪、舊、薿、騏、鯉、饎、霾。

諧聲偏旁表：又聲、久聲、士聲、子聲、己聲、已聲、巳聲、才聲、不聲、之聲、友聲、尤聲、止聲、牛聲、丕聲、丘聲、仕聲、以聲、台聲、史聲、右聲、司聲、母聲、吏聲、在聲、寺聲、有聲、耳聲、臼聲、否聲、每聲、里聲、弋聲、臣聲、佩聲、來聲、其聲、音聲、采聲、思聲、某聲、負聲、宰聲、畝聲、能聲、婦聲、喜聲、絲聲、郵聲、裘聲、疑聲、臺聲、齒聲、龜聲。

25. 職 部

毛詩韻字表：力、弋、北、伏、式、色、克、忒、戒、服、牧、直、亟、則、圉、背、革、食、或、息、特、側、匐、國、域、得、異、麥、備、富、棘、飭、黑、塞、意、極、嗇、試、賊、飾、福、緘、蟈、億、奭、德、慝、暱、稷、熾、塍、輻、嶷、翼、餼、穡、織、襋、識。

諧聲偏旁表：力聲、厶聲、弋聲、㡭聲、北聲、伏聲、式聲、色聲、克聲、戒聲、导聲、或聲、牧聲、直聲、亟聲、則聲、圉聲、畐聲、革聲、食聲、息聲、畟聲、匿聲、異聲、麥聲、葡聲、悳聲、棘聲、黑聲、塞聲、意聲、特聲、戠聲、奭聲、塍聲、薏聲、嶷聲、穡聲。

26. 蒸 部

毛詩韻字表：弓、升、弘、冰、承、朋、肱、恆、乘、烝、崩、掤、陵、勝、登、陾、雄、馮、兢、夢、蒸、增、憎、滕、縢、興、膺、薨、懲、繩、贈、騰。

諧聲偏旁表：ㄔ聲、厶（厷）聲、弓聲、升聲、丞聲、夌聲、承聲、朋聲、恆聲、奤聲、乘聲、朕聲、烝聲、曾聲、登聲、兢聲、徵聲、瘫聲、曾聲、興聲、蠅聲。

第十類：緝、侵

27. 緝 部

毛詩韻字表：入、及、合、邑、泣、急、洽、軜、揖、翕、集、楫、濈、輯、濕、蟄、隰。

諧聲偏旁表：入聲、內聲、及聲、立聲、合聲、邑聲、咠聲、執聲、集聲、戢聲、㬎聲。

28. 侵 部

毛詩韻字表：三、今、心、男、枕、林、芩、金、南、甚、音、風、耽、衿、深、陰、欽、湛、琛、琴、覃、飲、歆、煁、綏、葚、僭、寢、諗、諶、錦、臨、駸、簟、鬵、譖、驂、黮。

諧聲偏旁表：三聲、凡聲、今聲、尤聲、心聲、羊聲、男聲、寻聲、兟聲、林聲、罙聲、金聲、品聲、甚聲、音聲、覃聲。

第十一類：怗、添

29. 怗 部

毛詩韻字表：怗、涉、捷、葉、韘。

諧聲偏旁表：涉聲、疌聲、枼聲。

30. 添 部

毛詩韻字表：玷、涵、萏、貶、讒。

諧聲偏旁表：占聲、臽聲、函聲、貶聲、毚聲。

第十二類：盍、談

31. 盍 部

毛詩韻字表：甲、業。

諧聲偏旁表：甲聲、業聲。

32. 談 部

毛詩韻字表：甘、惔、斬、敢、葵、詹、監、談、餤、濫、檻、瞻、藍、襜、嚴、儼、巖。

諧聲偏旁表：甘聲、炎聲、斬聲、敢聲、詹聲、監聲。

Memo

New Wun Ching Developmental Publishing Co., Ltd.

New Age · New Choice · The Best Selected Educational Publications—NEW WCDP

新文京開發出版股份有限公司

NEW WCDP

新世紀・新視野・新文京 — 精選教科書・考試用書・專業參考書